若さま同心　徳川竜之助【五】

秘剣封印

風野真知雄

目次

秘剣封印　若さま同心 徳川竜之助

序　章　つぶやいた言葉

東の空から朝焼けの薄紅色が抜けはじめると、砂浜の光景はますます惨《むご》たらしく異様なものに見えてきた。

近づき合うようにして並んだ三つの遺体。いや、彼らはじっさいにそうしたのではなかったか。

死のまぎわ。友を求めたのではなかったか。

力を合わせて戦ったことを確かめるように。

最後の力をふりしぼって……。

十五と、十三と、十一の少年たちに、これはなんと似つかわしくない姿であることか。失った命の歳月のいかに膨大であることか。

風が出てきて、砂粒が遺体に降りかかっていた。

「若さま……」

やよいが声をかけても、徳川竜之助《とくがわりゅうのすけ》は呆然《ぼうぜん》と立ち尽くしている。

強く目を閉じ、こぶしを握りしめている。

さきほどからまったく動こうともしない。

「やよい……」

と、竜之助の剣の師匠である柳生清四郎《やぎゅうせいしろう》が、やよいを呼んだ。

砂浜に何かを見つけたらしい。

「どうなさいました?」

「うむ。何か差し込まれたようなあとだな」

「たしかに」

床柱ほど太くはないが、柱のようなものだったのではないか。

「清四郎さま。ここにも」

もう一つあった。まだあるかもしれない。

「まさか、ここに家を組み立てたのでは?」

と、やよいは言った。

まだ少年であるにもかかわらず、柳生全九郎《ぜんくろう》は柳生の里を代表するほどの怖ろしい剣の遣い手だった。

その全九郎には奇妙な性癖《くせ》があった。

外に出ることができないのだ。外の広々とした空間が怖くて、身をすくませてしまうのだ。だから、柳生全九郎は道場など、閉ざされた空間でなければ戦うことはできない。

だが、ここは見渡す限り、草原と砂浜と、そして大海原が広がるところである。本来なら、柳生全九郎はここに立つことすらできないはずなのである。

それなのに――。

全九郎はここで、清四郎に剣を習っている三人の少年たちを斬った。

とすれば、やよいが言うように、ここに家を組み立てたと見るのがふつうだろう。

しかも、柳生全九郎は一人で動いているのではない。一族の下忍《げにん》たちが助けている。何人が動いているのかはわからないが、もしも四、五人ほどで力を合わせれば、掘っ立て小屋程度のものならかんたんにできてしまうのではないか。

「そんな馬鹿な。昨日の昼、わたしがここを出るときには何もなかった。わずかな刻限のうちに、そんなたいそうなことができるわけがない」

少年たちも、夜に家を建てるような音がしていたら、黙って見ていることはなかっただろう。柳生清四郎が資質を見込み、しかも二年以上、教えてきた少年たちである。なまじの男たちには決して負けることはない。

昨夜は二日の夜である。月は糸屑ほどに細かっただろう。とすると、あの跡はかがり火でも焚《た》いた跡だったか。

だが、夜空はよく晴れていて、星々は満天に輝きわたっていたはずである。その遠い星もまた、柳生全九郎には恐怖の対象となるはずだった。果てしのないもの。手の届かぬもの。ふつうの人なら、感動のような思いをかきたてるはずのものが、あの少年には恐怖の対象でしかない。

なんと奇怪な心根なのだろう。

「いったい、柳生全九郎はどうやって……」

やよいは呻《うめ》くように言った。どうやって、このような屋外で戦うことができたのか。そして、竜之助ともはやどこででも戦うことができるというのか。

「若、これはおそらく……」

柳生清四郎が言いかけた。手口がわかったらしい。

だが、徳川竜之助は強い視線で柳生清四郎を見て、

「お師匠さま。全九郎の手口など探っても、三つの命はもどってきません」

と、言った。押さえつけようとはしているのだろうが、震えた語尾に苛立《いらだ》ちがにじみ出ている。

「それはそうだが」

「そんなことはもういいのです。それより、風鳴《ふうめい》の剣を伝えるのはもうやめにしていただけませんか」

「それはできませぬ」

と、柳生清四郎は断固として言った。

「どうしてでしょう?」

「徳川家の名誉にかかわることだからです」

「名誉?」

「はい。風鳴の剣は王者の剣なのです。武門の頭領たる徳川家にとって、これは必要なものなのです」

「徳川家の名誉などということについては、もう考えなくともよろしいのではないでしょうか?」

竜之助は深い絶望を感じさせる沈鬱《ちんうつ》な声で言った。

「若、どういう意味でしょうか?」

「わたしは徳川の世はそろそろ終わるべきときを迎えているような気がします。古今東西、一つの家が永遠に覇をとなえつづけた例はありませぬ。二百六十年。むしろ長すぎたとも言えるほど」

「なんと……田安《たやす》家の若さまがそのような……」

「だから、風鳴の剣はここで終わりにしていただきたい」

竜之助はきっぱりと言った。

柳生清四郎に答えはない。

黙って、三つの遺体に近づき、ひとまず小屋に安置すべく、まずは手前の遺体を抱きかかえた。

「若さま。避けられない戦いなら、あの子たちの仇《かたき》を討ってください」

と、やよいが目元に怒りをにじませて言った。こうしたことを言ったのは初めてではないか。見た目とは裏腹に、いつも冷静に竜之助を守るべく動いてきたのだ。

「仇を……」

剣を学べばこうした事態もありうるということを本当に知っていたなら、この子たちは剣を学び始めただろうか。

竜之助は息苦しくなってきた。

遥かな海原に目をやった。だが、繰り返される波に虚しさを覚えるばかりだった。


そのころ――。

柳生全九郎は、神田旅籠町《かんだはたごちょう》の宿屋の中にいた。

二階の一室で、朝飯を食っていた。

育ち盛りの凄《すご》い食欲だった。

たいした食事ではない。めざしが三匹に香の物。それに蜆《しじみ》の、殻ばかりがやけに多いみそ汁。ただし、全九郎のお膳にだけは、とくに頼んだ生卵が二つ載っていた。

下忍たちも同じ部屋で食っていた。ただ、お膳は全九郎のものだけが上座にあり、残りの五つは下座に並んでいた。

全九郎が飯を食うところを見ていた一人の下忍が、

「たいそうな食欲ですな」

と、呆《あき》れたように言った。

「ああ、腹が減った」

「人を、しかも三人も斬ったあとに、そのように飯を食える人は、おそらく柳生の里にもそうはいらっしゃらないはず」

「ふん。だとしたら、柳生の里の者もたいしたことがないやつばかりだな」

と、全九郎はうそぶいた。

人は何人も斬ってきた。

柳生の里にいたときは、旅の武士と戦って命を奪ったし、真剣の戦いを止められたときは、街道筋のお堂で待ち伏せし、斬った。

何も感じたことはなかった。

食欲が失《う》せることもなかった。逆にこのように食欲が高まった。

「ああ、食った、食った」

手を広げ、そのまま後ろにひっくり返った。どこか見晴らしのいい草原で、青空を眺めるときのしぐさに似ていた。むろん、全九郎が草原で空を眺めるなんてことをするわけはないけれど。

すると、それは天から猟犬が襲いかかるように突然、やってきたのだった。

――え？

なんとも嫌な気持ちがやってきたのだ。嫌なことをしたという感触が。

吐き気ともちがう。激しい苦々しさ。

眉《まゆ》をひそめ、頬をゆがめた。

——ううう。

すこし泣きたい。

どうしたのだろう。慌てて自分の気持ちを見つめた。

みな、自分と同じ年ごろだったというのが、嫌だったのか。

最初の一人は、いかにも憎々しかった。

だが、二人目は、倒れながら、最初の一人のところににじり寄っていった。それから、死ぬときに横目で全九郎を見た。それが一瞬、自分が死ぬときのようすに見えたのだ。

いちばん胸に残ったのは、三人目の相手だった。

おそらくは自分よりも歳下で、小柄な身体だったが、資質はいちばんすぐれていた。風鳴の剣も完成は間近ではないかと思わせた。

その少年が、死ぬまぎわに、

「母さん」

と、振り絞るようにして言った。もう声は出ず、つぶやきにしか聞こえなかった。それでもはっきりと聞こえた。母さん……と。

母さん。母上。

柳生全九郎には、子どものころから、そんなものはいなかった。

この世にそうした存在があるということは、いつしか理解した。だが、自分のまわりにはいなかった。

あの、柳生の里からいっしょにやって来た女が一時期、母親のつもりになったらしいが、馬鹿げたことだった。

激しい怒りがこみ上げてきて、畳を手のひらで叩き、

「なにが、母さんだ」

と、吐き捨てるように言った。

五人の下忍たちが、いっせいに全九郎を冷たい目で見た。

第一章　早めに殺された男

一

海辺新田《うみべしんでん》の砂浜に三つの遺体を見つけた日から五日ほどして――。

この日は非番に当たっていた徳川――いや、奉行所での名を言えば福川《ふくがわ》竜之助の八丁堀の役宅を、小さな友人が訪れた。

「福川さま」

「おう、狆海《ちんかい》さんじゃねえか」

本郷《ほんごう》にある禅寺、小心山大海寺《しょうしんざんたいかいじ》の小坊主である。竜之助にとっては座禅の先《せん》達《だつ》でもあり、近ごろでは、例の「何々とはなんぞや」という禅問答まで求められたりする。

「お客さまをご案内してきました」

と言った狆海の後ろから姿を見せたのは――。

「これは、お寅《とら》さんじゃねえですか」

さびぬきのお寅とも呼ばれるスリの大親分である。さびぬきとは、寿司をつまんだかと思ったら、わさびだけ抜いていたという伝説の手わざからついた綽名《あだな》だった。

だが、このところ竜之助は大海寺の座禅の仲間という気持ちで言葉をかわし合う。

「狆海さんから今日は福川さまは非番だと聞いたので、ちょっとご相談にあがりたいと思いまして。なにせ、奉行所のほうには顔を出したくないものでね」

にやりと笑った。

不敵な笑み。いざとなれば奉行所の同心の懐も探ろうかというくらいの凄《すご》みが漂う。

「おう。じゃあ、上がってもらおうか。狆海さんも、上がるだろ」

そう言うと、狆海は、嬉しそうに笑った。やよいのことがお気に入りなのだ。

だが、挨拶に出たやよいが変な顔をしている。

「どうした？」

「いえ」

「お茶を頼む」

「はい」

台所に下がっていった。狆海も手伝うつもりか、後をついていく。

やよいの変な顔は、もしかしたら、スリの親分が八丁堀を訪ねて来る異様さに愕然《がくぜん》としたせいかもしれない。たしかに異常なことである。だが、お寅がスリだということを、やよいは知っていただろうか？

「どうかお気を使わずに。いまのはご新造さま？」

と、お寅が訊《き》いた。

「いいえ。遠縁の手伝いの者で」

近ごろは、そう言うことにしている。

やよいにも許可はもらった。「手伝いの」は取ってくれてもいいと言ったが、単なる遠縁の者にすると、別の関係に発展する感じが強まりそうである。なにせ色気がありすぎる娘で、本当は同じ屋根の下には置きたくない。

「それより、なにか？」

「ええ。じつは、あたしの知り合いに横浜屋彦蔵《よこはまやひこぞう》という人がいまして」

「横浜屋？」

横浜は異国との貿易のため、新たに開いた町である。たいそう賑わっているという。

だが、新しい町を、屋号として使うのは珍しいのではないか。

「はい。以前は上州屋《じょうしゅうや》という糸物問屋をしてかなりの成功をおさめた人なんです。でも、なんというのか新しいもの好きというか、これからは横浜で商売をしなくてはならないと思い込んだみたいなんです」

「なるほど」

「しかも、横浜に出ていって、異人さんたちと接し、言葉もできるようになったのです」

「それはてえしたもんだねえ」

と、竜之助は素直に感心した。武士たちに攘夷《じょうい》から積極的な開国までさまざまな考えがあるのはわかる。だが、むやみに攘夷というのは、やはりちょっと頑迷すぎるのではないか。もしも自分が商人であったら、いまごろはいち早く横浜に駆けつけている気がする。

「あの異人たちもいずれ、江戸に出てきて商売をするようになるだろう。そんな異人がゆったり泊まれる宿屋をやるんだと言ってたんです。このところは、ずいぶん準備も進んでいたみたいで」

「ほう」

「ところが、昨夜、急に発作《ほっさ》を起こし、心ノ臓の病で亡くなってしまったんです」

お寅の不敵な顔が翳《かげ》りを帯びた。

「それは気の毒だったな」

「もともと、心ノ臓はそう丈夫ではなかったんです。ただ、あたしは一昨日の夜、道端でばったり会いまして。そのとき、ちょっと深刻そうな顔で、あたしは殺されたかもしれないんだと言ったんです」

「殺されたかもしれない？」

すこし背筋をさわさわと風が吹いた気がした。

「はい」

「殺されるかもしれないというならまだしも、自分で殺されたかもしれないというのは変ではねえのかい？」

「そうなんです。おかしいでしょ、旦那。殺されたかもしれないって」

「おかしいな」

と、竜之助はうなずき、

「ははあ。それで、お寅さんは、心ノ臓の発作に見せかけて、じつは何かされたんじゃないかと、そう思ったわけだね」

「馬鹿げた想像ですかね」

「いや、ないこともないだろうな」

心ノ臓が弱っている人を嚇《おど》かせば、驚いて鼓動を止めてしまうかもしれない。だが、しくじったときは騒がれるし、頭で思うほどにはうまくいかないのではないだろうか。

「じつは、横浜屋さんには三人の息子がいて、一人はまだ小さいのですが、上の二人がおやじさんの新しい商売というのをひどく怖れていて」

「怖れる？」

「ええ。失敗したら、自分たちに回るはずの財産が、大きく目減りしちまいますからね」

「ふうん。それで横浜屋はどこで亡くなったんだい？」

「横浜屋の店は小伝馬町《こでんまちょう》にあります。亡くなったのは、その近くのお妾《めかけ》さんの家です。店とは半町も離れていません。お妾さんはお稲《いね》さんといって、三番目の息子は、このお稲さんの子です。じつは、彦蔵さんよりお稲さんがあたしの友だちなんですがね」

その友だちのために、真相を明らかにしてやりたいということらしい。

「上の二人の息子たちもかんたんに行き来できたと」

「そりゃまあ」

お寅は上の息子のどちらかになんらかの疑いを持っているようすである。

「片手間でかまいませんから、ちょっとお調べいただけたらと」

「いいとも」

と、竜之助は立ち上がった。

「こんなにすぐに？」

「だって、遺体が焼かれちまったりしたら、調べようがなくなっちまうじゃねえか」

「すみませんね」

「遺体は妾宅《しょうたく》にはねえんだろ」

「ええ。今日が葬儀で、夕べからご本宅のほうに移してあります」

非番なので同心の格好で行こうかどうしようか迷ったが、町方の者とわからせたほうが話も訊きやすいだろう。

黒羽織を着て、十手を帯に差した。

狆海といっしょに向かいの部屋にいたやよいに声をかけた。

「じゃ、あとを頼むぜ」

「……はい」

やよいは、やはりぼんやりしている。怖ろしく丈夫な娘だが、風邪でもひいたのかもしれない。

二

やよいは、急いで千代田《ちよだ》の城の北の丸にある田安門をくぐった。田安家の爺《じ》いこと、支倉辰右衛門《はせくらたつえもん》を訪ねるのだ。

おみやげを買うのに半刻（一時間）ほど余計な時間を費やしてしまった。この前、

「やよいのみやげはいつも気が利《き》いている」

などと言われたので、つまらないものは持って行かれなくなった。

今日は下駄にした。洒落《しゃれ》た海老《えび》茶色の鼻緒の桐下駄でけっこう高くついてしまった。

田安家は、やけにばたばたしている。奥女中たちが、大小の箱を抱え、右往左往している。

親しかった奥女中のさつきが通りかかったので、

「どうかしたの？」

と、声をかけた。

「なんでも上さまが来月にも上洛《じょうらく》なさるので、それに随行なさる方の人選やら準備などで大忙しなの」

それは巷《ちまた》でも噂になっている。京の騒乱は収拾がつかなくなっていて、ついに上さまが直々に鎮圧に赴《おもむ》くことになるだろうと。

とはいえ、用人の支倉はいまのところそうした面倒なことからは外れているらしく、

「よう、やよいか」

と言った顔は、いつもどおりののんびりしたものだった。

「じつは、さきほど驚くべきお人が八丁堀の家を訪ねてきまして」

「驚くべき人？」

「お寅さまです」

「なんと……」

支倉は顔をゆがめた。

訊いた声が震えた。

「まさか、母だと名乗ったのか？」

「わたしもびっくりしてしまって」

「いいえ。どうやら捕り物の相談に来たみたいです。それにしてもお寅さまは、竜之助さまが自分のお子だとご存知なのですか？」

支倉は何度も首を横に振り、

「いや。知らぬはずだ。田安の家の中におさまっているとお思いだろう」

「若さまは、お寅さまのことは？」

「何も知らぬ」

ただ、以前、支倉は苦し紛れに、母上は死んだと口走ったことがあるが、それはまったく信用していないようすだった。

「それなら放っておいて大丈夫ですね」

「ううむ。だが、そこは親子だからなあ。何かしら呼び交わすものがあるかもしれぬ。何かのはずみで察知したりするやもな」

「もし、言ったらどうなるのでしょう。じつは、お二人は本当の母と子なのですよと。あ、考えただけで、なんだかドキドキしてきました」

やよいは、着物の上からでもわかるほどふくよかな胸を押さえた。

「どうなるのだろう」

支倉も心細げな顔になった。

「言ってまずいことはあるのですか」

「当たり前だ。徳川家がスリの大親分と縁戚関係にあるのを認めてしまうことになるではないか」

「たしかに。それはまずいですね」

と、やよいはうなずいた。よりによってスリの親分とは……。

「まずいどころか、口封じに動く者まで現われて、お寅さまのお命も危うくなるぞ」

「やはり、絶対に言えることではないですね」

「だが、自然に知ってしまうと」

「あまりお二人を会わせるのはまずいですね」

「そうじゃ。そなた、なんとかせよ」

「なんとかせよと言われても……」

やよいだって困ってしまう。

会うなと言えば怪しまれるし、お寅の周囲にも竜之助とのあいだにさまざまなつながりができている。無理に遠ざけるのは不可能と言っていい。

「若さまの場合、やけに鋭いところと、鈍いところがありますから。母上さまのことは鈍いほうに入っていてもらえると助かるのですが」

「そもそもは、若が同心なんぞになるからいかんのよ。やはり、お家にもどっていただかないとまずいだろうが」

支倉はやよいを睨《にら》みながらそう言った。

三

小伝馬町の横浜屋彦蔵の葬儀は、たいそう立派なものだった。僧侶が何人も呼ばれ、読経《どきょう》の声は隣町からでも聞こえたほどだった。

竜之助が驚いたのは、大海寺の雲海《うんかい》和尚が来ていたことである。どうやらここの菩提寺が大海寺と同じ宗派で、援軍として呼ばれたらしかった。竜之助に気づくと、この和尚は葬儀の場だというのに、軽く片手を上げて笑ってみせた。

お寅は、妾のお稲の家で待つというので、竜之助は一人でさりげなく奥のほうへともぐりこんだ。

すると、広間のわきの小部屋でよく似た背格好の三十前後の男二人が、言い合っている声が聞こえてきた。

「並んでいるロウソクが細いじゃないか。なに、ケチってやがる」

「馬鹿。あれは絵ロウソクだから、細いほうが上品に見えるんだ」

「兄貴は無駄遣いばかりするくせに、肝心なところはケチなんだ」

「お前に肝心なところがわかるかよ」

「なんだと」

「なんだよ」

胸倉を摑《つか》み合った。

この二人が、彦蔵の息子らしい。お寅から名前も聞いている。半右衛門《はんえもん》と政《まさ》蔵《ぞう》。母親は同じで一つちがいだが、仲は相当に悪いらしい。だが、仲が悪くなった理由のひとつに、彦蔵がいつまでも家督を譲らないことがあったという。

「おっとっと。葬儀の席で兄弟喧嘩《げんか》はまずいぜ」

と、竜之助は割って入った。

「なんだよ、あんた?」

「八丁堀の旦那じゃないですか?」

息子たちはあわてて離れた。

「ちっと話を聞かせてもらいてえんだがね」

「町方の旦那がなぜ?」

「なあに、町方ってのは何にでも首を突っ込みたがるのさ」

と、とぼけた。

「おやじが亡くなったのは妾の家だったんだろ?」

「ええ、まあ」

兄貴のほうが答えた。

「その妾は来てるんだろ?」

来ていないと知っていて訊いた。

「いや。来てもらっちゃ困ります」

「なんでだい。七歳の息子までいて、おやじはたいそう可愛がっていたって聞いてるぜ」

「それは……」

「財産だって、いくらかは譲ろうという気もあっただろうし」

竜之助がそう言うと、兄貴のほうは目を丸くして、

「そんなことありません。おやじは、財産はすべて、長男のあたしにくれるって言ってましたから」

すると、弟のほうが、顔を真っ赤にして、

「そんなことはねえ。おやじは兄貴の散財を心配して、おいらに多くを残そうとしてたんだよ」

と、食ってかかった。

「馬鹿なこと言うな。おやじは財産を分けるのは没落の始まりだと、ちゃんと遺《ゆい》言《ごん》でそれを禁じていたんだ」

またもや摑み合いが始まりそうである。

「遺言状があるのかい？」

竜之助が訊くと、

「ありますとも」

と、兄はうなずいた。

「本物かどうか、わかりゃしませんよ」

と、弟がわきから言った。

「見せていただきたいんだがね」

「お言葉ですが、見せなければならない理由はあるんでしょうか？」

「あるのさ。この近所で横浜屋さんは心ノ臓の発作を装って、そのじつ殺されたんじゃないかという噂が出てるんだぜ」

と、竜之助は鎌をかけた。

「なんですか、それは。奉行所じゃそんなつまんねえ噂をいちいち取り上げるのですか」

と、兄の半右衛門は居直るような強気の態度を見せた。

「ふうん。どうしても見せられねえんだな」

奉行所として扱っている事件ではない。そうそう無理は通せない。

「預けてあるんです。ちゃんとしたところに」

兄がそう言った。

「ちゃんとしたところねえ」

と、弟は不満げである。

「それは初七日が済んだところできちんと公表しますよ」

「じゃあ、遺言については今日のところはよしとしよう」

ひとまず譲った。

読経が一段落したらしい。僧侶たちの何人かはここで引き上げるらしく、雲海も神妙な顔で帰っていった。

「じゃあ、仏さんを拝ましてもらうぜ」

早桶《はやおけ》ではない。木の香漂う立派な棺である。

帷子《かたびら》を開き、身体を見る。

「腕のところに打ち身のような痕《あと》があるな」

「ええ。階段の途中で発作を起こし、ちっと転げ落ちたみたいです」

と、兄のほうが答えた。

——ん？

遺体のこめかみの両側に傷のようなものがあった。たいした傷ではないが、左右同じところにあるのが気になった。

「この傷はなんだろう？」

「さあ」

兄も弟も首をかしげた。しらばくれているのか、本当に知らないのか。表情が乏しいので、心の奥が読みにくい兄弟だった。

四

妾のお稲の家は、半町どころか、裏道に入るとすぐに見えるくらい近いところにあった。横浜屋彦蔵も、この十年はほとんどこっちで寝泊まりしていたらしい。

二階建ての、洒落た家である。軒下《おもと》には鉢植えが大小二十鉢ほど並べられ、手入れがいいのだろう、ヤツデや万年青などの葉っぱは、艶々《つやつや》と早春の日差しに輝いている。

「ごめんよ」

玄関を入ると、お寅がいて、

「この方が福川さまだよ。若いが捕り物の腕は抜群という評判なのさ」

と、お稲に言った。しかしそんな評判は、竜之助自身も聞いたことがない。珍事件に強いとは言われるが。

「わざわざ申し訳ありません」

お稲はすまなさそうにした。

後ろにいる賢そうな顔をした少年が、横浜屋の三番目の息子だろう。七歳と聞いていたが、それよりも小柄に見える。

「旦那はここらに倒れてたのかい？」

と、竜之助は階段の下を指差した。

「はい。あたしが見つけたときは、そこにうつぶせになって」

階段の下に、椿《つばき》らしい艶々した葉っぱが何枚か落ちていた。

「さっき、遺体を見たんだが、左右のこめかみのこのあたりに小さな傷があったんだよ。なんの傷か、心当たりはないかね？」

「こめかみに？　さあ」

首をかしげ、次の問いはという目で竜之助を見た。

「医者は呼んだんだろ？」

「近くにいる蘭方もやる杏庵《きょうあん》先生を呼んできました」

「お稲さんは出かけてたのかい？」

「ええ。この子の春物の着物を買ってあげようと、表通りの呉服屋に行ってました」

と、後ろの息子をちらっと振り向いた。

「出かけるとき、彦蔵さんはもう来てたんだな？」

「はい。夕飯はあとでいいから、二階で猫でもかまっているよと言ってました」

「お稲さん。旦那の葬儀に出られねえのは寂しいな」

と、竜之助は言った。

「覚悟してましたから。お墓にでも参りますよ」

「そっちは彦蔵さんの息子かい？」

「はい。新太《しんた》と言います」

新太は昼飯を食べている途中だったが、こちらを向き、丁寧《ていねい》に頭を下げた。

昼飯は豆腐と佃煮がおかずである。あまり食欲がないらしく、箸が進まない。

「おいしくない？」

と、お稲が新太に訊いた。

「おいしいけど食べたくない」

「食べないと力がつかないよ」

「うん」

「待っててあげるから、ゆっくり食べなよ」

やさしい物言いだった。江戸のおかみさんたちは、子どもを怒鳴りつけたりするのはめずらしくないが、お稲はそんなことはしそうになかった。新太もまた、すこしひ弱な感じはするが、母のやさしさをたっぷりもらって育った、おっとりした感じがあった。

二人は申し分のない母子にも見えた。

「じゃあ、また来るぜ」

そう言って、竜之助はお寅とともに外に出た。

「お寅さんと、お稲さんは、どこで知り合ったんだい？」

と、竜之助は訊いた。

「両国《りょうごく》ですよ。小屋」

「小屋？」

「あたしの手口を手妻《てづま》遣いだったお稲ちゃんが見て、その動きはどうやれば身につくんだって訊かれて、教えてあげたのがきっかけですよ」

「ふうん。面白いこともあるもんだな」

「面白いですか。八丁堀の旦那が、スリのことを面白がっちゃまずいでしょう」

「そうだよな」

と、屈託ない笑顔を見せた。

「でも、元手妻遣いというのがあそこの倅たちにも知られて、ひどく馬鹿にされましてね。あいつら、花魁《おいらん》には女房になってくれと口説きまくっていたくせに、手妻遣いはひどく軽蔑しやがって。ふざけてますでしょ」

「そりゃそうだな」

竜之助も手妻遣いは誰にも恥じる必要のない、立派な仕事だと思う。

「でも、彦蔵さんも、そういうところはあったみたいですよ。手妻遣いなんかしてた女を救い上げてやったみたいな」

「彦蔵もね」

それではお稲がかわいそうだと、竜之助は思った。

五

どんな些細《ささい》なできごとでも、くわしく調べようとすれば手間暇がかかる。やはり、岡っ引きの文治《ぶんじ》に手伝ってもらうことにして、小伝馬町から神田旅籠町の

〈すし文〉へと向かった。

文治は家にいて、魚河岸《うおがし》で仕入れてきたまぐろをさばいているところだった。

文治は寿司屋の息子なのに岡っ引きの仕事に精を出している。たまに寿司も握るが、こんなふうにまぐろをさばいたりするのを見るのははじめてである。

「凄いね」

大きなまぐろを力ずくで解体していく。本当は力ずくではなく、かなりのコツがあるのだろうが、素人目にはわからない。

しかも、量が凄い。一軒の寿司屋で売り切れるはずがない。立って見ている人たちは、もしかしたらほかの寿司屋や料亭の連中で、ここからさらに計り売りでもされるのかもしれない。

「福川の旦那。少々お待ちを」

そう言って、つづきは父親にまかせ、竜之助のところに来た。

「旦那、なにか？」

「うん。手伝ってもらいたいことがあってな……」

いくつか頼みごとをし、竜之助はそのまま、小伝馬町にもどった。

次に、呼ばれた医者の杏庵を訪ねた。

杏庵は若い医者だった。

若い、といっても、竜之助よりは二つ三つ上だろう。

家の中に小さな檻《おり》がいくつもあり、どれもうさぎが入っている。これに餌を食べさせているところだった。

「ずいぶんたくさんいますな?」

と、声をかけた。

「これは、調合した新しい薬の効き目を試すための生きものなんですよ」

「薬の効き目をうさぎで?」

「はい。本当なら人でやりたいところですが、毒があったらまずいでしょう?」

「なるほど。だが、うさぎも哀れですな」

と、竜之助は言った。人も生きものも持って生まれる命は一つだけである。命の重さにそれほど大きなちがいはないのではないか。いまはたまたま人のほうがいちばん上で威張っているが、やがてうさぎのほうが威張る世の中が来ないとも限らない。

「哀れです」

と、杏庵は竜之助の目を見た。

「申し訳ないとも思っています。だから、なんとしても、人の役に立つ薬をつくらなければなりません」

「ちなみに、いま食わせている薬というのは？」

「冷え性というのがありますでしょう」

「ああ、ありますな」

やよいがよく、足が冷えて眠れなかったなどと言っている。あれのことだろう。

「たいした症状ではないと思われるかもしれないが、あれがいろんな病のもとになっていくのかもしれない。それで、うさぎにも手足の冷たいのと温かいのとがいましてね。冷たいのを温かくする薬。すなわち、冷え性をよくする薬をつくろうとしています」

「なるほど」

深くうなずいた。

こうやって、誰にも見えないところで、世の中は進歩しているのだ。世の中を動かすのは、志士だけではない。

「ところで、同心さまの御用は？」

「あ、これは失礼。おいらは南町奉行所の福川竜之助というんだが、数日前、亡くなった横浜屋のことでちっと訊きたいことがあってね」

「ああ、横浜屋さん。わたしが行ったときはすでに息はなく、活を入れたり、ツボを押したりもしたのですが、どうにもなりませんでした」

「こめかみの両側に傷がなかったかい？」

「ありましたね。どうも階段の途中で発作を起こしたのか、あるいは外に助けを求めて出ようとしたのか。ほかにも打ち身のようなものがあったので、転がり落ちたはずみでいくつか打ち身ができたのではないかと思います」

「うん。打ち身はおいらも見つけた。ただ、同じような傷が両方のこめかみのところにあるのが気になってね」

「たしかに。そんなことに気がつかないなんて、医者として恥ずかしいですな」

杏庵は身もだえするようなしぐさをした。

「なあに、医者は悪事を探るのが仕事じゃねえもの。そういう目で見ないと、見えて来ないものは山ほどあるんでね。恥ずかしいと思う必要はなにもないぜ」

「ありがとうございます。ただ、わたしにも一つ、疑問が……」

「ほう」

「お稲さんがもどったときには亡くなっていたと言いますが、もう少し早くわたしのところに来られなかったかという感じが……」

「なんだって？」

「ちっと身体が冷たくなりすぎてました」

杏庵はいくらか悔しそうに、眉《まゆ》をひそめて言った。

六

待ち合わせの場所にしていた小伝馬町の牢屋敷の塀のところに行くと、すでに文治が来ていた。

「もうわかったのかい？」

「ええ」

と、文治は自慢げにうなずいた。横浜屋の倅《せがれ》の半右衛門が教えようとしなかった、遺言を預けた相手というのを、弟の政蔵から訊きだしてくれるよう頼んでおいたのだ。

「預けたというのは証人か何かかい？」

「証人のつもりですが、あれが証人だと言えば、逆に信用は無くなるでしょう」

「どういうやつだい？」

「検番《けんばん》の婆《ばば》あでさあ」

と、文治は笑った。

「検番？」

竜之助が知らないことはまだまだいっぱいある。検番というのは、少なくとも田安の屋敷にはなかった。

「芸者をあげるときには、かならずそこを通すんですよ。芸者の元締めと言いますか。もちろんちゃんとやってるところもありますぜ。この婆あは横山町界隈《よこやまちょうかいわい》の芸者をまとめてるんですが、自分の娘を三人、芸者にして、この三人はもちろん、ほかの芸者たちも馬車馬みたいに働かせるという評判の因業《いんごう》婆あです」

「へえ」

「どうも、半右衛門がその三人のうちの誰かに惚《ほ》れてでもいるんでしょう。惚れた女の母親に胡麻《ごま》でも擂《す》ろうかというので持ってった話なんじゃないですかね」

「なるほどな」

と、竜之助もうなずいた。

その横山町の因業婆あとやらの家には、文治が先に立って乗り込んだ。

遺言状を無理を言って見せてもらう。

ざっと読んでから、

「ずいぶん半右衛門に都合のいい遺言状じゃねえか」

と、文治は言った。

「そうですかね」

と、婆さんはしらばくれた笑みを浮かべた。歯が黒くなっているのは、鉄漿《かね》ではなく、煙草のヤニのせいに見えた。

「これだと、妾の子の新太にはびた一文渡らねえな」

文治が言うと、

「当たり前でしょうが、彦蔵さんの子かどうかもわからないあんな糞ガキに」

と、そっぽを向いた。そこらは、半右衛門の受け売りだろう。

わきから竜之助が口をはさんだ。

「だが、それには彦蔵さんの署名がないよな」

「あ……それはですね」

「ちっと、あんたのところの商いも調べさせてもらうかな」

竜之助がそう言うと、婆さんの顔色が変わった。

「いや、別にお調べいただくのは構わないのですが、その遺言はじつはこれから正式に彦蔵さんの許可をもらうことになってまして。いえ、おおまかなところはそれでよかったんです。ただ、細かいところを変えようかと」

「ほう。細かいところな」

「ええ。妾の息子にもほんの少し何かを残したいとかおっしゃいまして」

「彦蔵は一昨日、ここに来たよな」

と、竜之助は婆さんの目を見て言った。

「あ、はい……」

検番の婆さんはポッと顔を赤くしてうなずいた。竜之助は好みの好男子だったらしい。

やはり、彦蔵がお寅と会ったのはここへ来る途中だったのだ。

外へ出て、

「これで、彦蔵が、殺されたかもしれないと言っていたわけはわかったな」

と、竜之助は言った。まだ死んでもいないのに、遺言状が行き来しているらしい。あたしはいつの間に死んだのだと、怒るよりも自分をあざ笑いたい気持ちだったのではないか。

「次は、彦蔵が死んだとき、倅二人が何をしてたかなんだが……」

竜之助は翌日の予定がぎっしり詰まっている。

「ええ。そいつはあっしが引き受けましたぜ」

文治が胸を叩いた。

七

翌日——。

本所深川廻《ほんじよふかがわ》りの同心が、二人とも風邪で休んでいて、「あいつは風邪をひかない」と定評のある竜之助が駆り出されることになった。

ただ、竜之助は内心、大喜びだった。

江戸を回って歩くのが楽しみなのである。

深川界隈は、いちおう洲崎《すさき》神社や深川八幡、三十三間堂などの名所は回ったが、名所旧跡をちらりと眺めたくらいでは、町の顔は見えてこない。深川の顔はやっぱり掘割のたたずまいを眺めながら歩き、木場の木の香を嗅《か》がなければ、暮らしぶりに触れることはできないだろう。

そんなわけで、この日、竜之助は浮き浮きしたような足取りで、目一杯深川界隈を歩きまわって来た。

　奉行所にもどると、文治が待っていた。

「よう、どうだったい?」

「呆《あき》れましたね」

　と、文治は笑った。

「半右衛門がかい、政蔵のほうかい?」

「二人ともでさあ。半右衛門のほうは、おやじが死んだころは団子をつくってました」

「団子? 団子屋でも始めたかい?」

「それなら立派な仕事ですよ。半右衛門は子どものときからなぜか泥団子をつくるのが好きで、いつも泥団子をつくって遊んでいたんだそうです」

「それが大人になってもやめられねえってか?」

「いえ、さすがにいったんやめたんです。ところが、最近になって、どっかで団子をつくる手伝いをしたら、子どものときの楽しみを思い出したらしく、しょっちゅうつくるようになったんです。もちろん、こっちは泥団子じゃなく、ほんとの団子ですが」

「ほう。するってえと」

「そのときも一人の芸者の家に上がりこみ、ほかにも芸者を呼んで、半右衛門が団子をつくっちゃみんなに食わせると、そういう趣向です」

「なるほど」

大勢の女たちに囲まれ、おやじの妾の家に行く余裕はとてもなかったということだろう。

「弟の政蔵ですがね。こいつは、おやじが死んだころには、カエルを食ってました」

「カエルを？　うまいのかね？」

と、竜之助は暢気《のんき》なことを言った。

「そいつはどうですかね。政蔵には、イカモノ喰いの仲間がいましてね、その夜は仲間との会合で、みんなでカエルを食っていたってわけです」

「面白いな」

「面白いと言えば面白いんですが、将軍さまが京の騒乱を収めるために上洛なさるってときに、団子とカエルじゃなんか申し訳ねえ気持ちになりますよ」

「なあに、そういうものさ。将軍さまだって、下々の者がのんびりやれるような世の中をつくるために行くんだもの、いいんじゃねえのかい」

「でも、大きな声じゃ言えませんが、上の方々はみんな、福川さまみたいに心が広くはねえですからね」

文治は声を小さくして言った。

「それはそうと倅二人は、あんまり賢そうじゃねえな」

と、竜之助は言った。

死んだ彦蔵にしてみれば、自分の力でここまでの身上《しんしょう》にしてきた。出来のよくない子どもたちにそのまま譲るくらいなら、自分のやりたい仕事につぎこみたいと思うのは無理もないだろう。

「それでもおやじが死んだときには、二人とも外に出られる状況ではなかったというわけだな」

「ええ。二人ともとびきりの馬鹿ですが、悪事を依頼できるような悪いのとは付き合いはありませんしね」

「ふうむ」

と、竜之助は腕組みをした。

「やっぱり、横浜屋の死は、単なる発作ということになりますかね」

文治はそう言ったが、

「いや、もう一人……」

竜之助の顔が憂鬱《ゆううつ》そうな表情に変わっている。

八

翌日――。

徳川竜之助は、お稲の家を訪ねてみることにした。

顔を出すと、お稲はいない。新太が一人で留守番をしていた。

「おっかさんは？」

「おとっつぁんの荷物を向こうのお店に持って行くって」

「そうか」

大方、ここに置いていたものを戻してくれとか言われたのだろう。

「何してたんだい？」

座って小さな人形のようなものをつまんでいる新太に訊いた。

「このたぬきがね……」

と、手の中の小さなたぬきの人形を右手で握った。

その手をゆっくり開くと、消えている。

「おっ」

竜之助が驚くと、いかにも嬉しそうにけらけらと笑う。

「どこに消えたんだい?」

すると、左手を開いた。なんと、小さなたぬきはこっちにあるではないか。

「今度はこっちだよ」

同じようなしぐさをすると、たぬきは右手にもどった。

「どうなってんだい?」

それには答えず、両手をいっぺんに開いた。

たぬきがいっきに五匹に増えた。

「凄いなあ」

「兄ちゃんも稽古すればできるさ」

「そうかねえ。おいらも習いてえな」

お世辞ではない。

「おっかさんが教えてくれるよ」

「ずいぶん稽古をするんだろうな」

「うん。でもね、やりたくないときはやらないよ。やりたくないときにやると、下手になるっておっかさんは言ってた」

「ほう」

と、竜之助は感心した。それは、剣の修行にも通じることである。

稽古はやればやるほどいいというものではない。

むろん、必死でやらなければならないときもある。だが、あまり気が乗らないときに稽古をすると、おかしな癖がついたり、不安な気持ちがふくらんだりして、悪いほうに傾くことがある。

その兼ね合いは難しいが、手妻の稽古も同じようなものらしい。

「おとっつぁんは新太の手妻を喜んでたかい？」

ふと、気になって訊いた。

「ううん。嫌がってるみたいだったよ」

「なるほどなあ」

横浜屋彦蔵という男を、生前、見たことはなかったが、ここで喜んで新太の手妻を眺めている姿は、思い浮かべることができなかった。

九

横浜屋が異人向けの宿を建てるため、仕事の依頼をしていた大工を、文治が探し当てた。品川《しながわ》の大工で松次郎《まつじろう》という男だった。

「わざわざ品川の大工を頼んだのかい？」

「ええ。なんでも、横浜で知り合ったんだそうです。松次郎は異人に教えてもらいながら、横浜に三軒の洋館を建てたそうです」

「なるほど。経験を買ったわけだ」

「準備は着々と進んでました。築地《つきじ》の講武所の近くに土地を取得し、図面も描き始めていました」

「図面を？」

「ええ。もう必要なくなったというのでもらってきました。これでさあ」

と、文治は奉行所の庭の隅で、その図面を開いた。素人にもわかるような、克明に全体を描いた絵が付いている。

不思議な建物だった。

もしもこれができたときは、周囲の人たちの度肝《どぎも》を抜くのではないか。

「横浜屋は、ここで商売を始めるのを、ずいぶん楽しみにしていたみたいですぜ」

「そうだろうな。だがなあ……」

だが、横浜屋はもう六十をいくつか過ぎていた。しかも、心ノ臓はあまり丈夫ではないと自覚していた。

そうそう、いつまでもやれるとは思ってなかったはずである。

となると、上の馬鹿息子二人はともかく、あの新太に継いでもらいたいとは思わなかっただろうか。

竜之助は一人で、巾着《きんちゃく》長屋のお寅のところに行ってみることにした。

巾着長屋は神田三河町《みかわちょう》にある。スリが集まって住んでいる長屋で、祭りの翌日にはここから店がやれるくらいの巾着が出てくるというので、そう呼ばれるようになった。

ここに同心などが足を踏み入れれば、気配がざわざわする。むろん、喜ばれている気配ではない。

幸い、今日は出払っている者が多く、住人たちに睨まれずに済んだ。

お寅にいままで考えたことをざっと説明し、

「跡継ぎのことを、横浜屋はどう考えていたんだろう?」

と、訊いた。

「彦蔵さんはつねづねこう言ってたそうですよ。新太には職人の技でも学問でも、好きな道を学ぶくらいはさせてやる。あとは自分の力で生きるのだって。親の金なんざあてにしてちゃ、なかなか一人前にはなれねえって。彦蔵さん自身が叩き上げで、一代であそこまでの身上をつくった人ですからね」

「たいしたもんだ。しごくまっとうな考えだ」

と、竜之助は言った。

「ええ、あたしも立派な考えだと思うし、お稲ちゃんもそれで満足してましたよ」


——やっぱり、ただの発作だった……。

そう思うのがいちばん自然である。

竜之助は、役宅にもどり、夕飯を済ませたあともずっと、横浜屋のことを考えている。

横浜屋の考えは立派だった。

だが、人の考えは変わる。ずっと同じではありえない。歳を取ればなおさら気弱になったり焦りが生まれたりする。元気なときの考えとはまた、ちがってきたりもする。

しかも、人のあいだにはしばしば誤解が生まれる。それがおかしな感情のもとになったりする。

お寅の話では——。

旦那のほうは、手妻遣いのみじめな暮らしから救ってやったつもりでいたらしい。

だが、お稲はむしろ、手妻には誇りを持っているのではないか。

ここへきて、新太が熱心に手妻の稽古をしていた。

才能もあるらしいが、旦那はそんな才能については職人の技の一つにもみなしていない。どこかで芸を馬鹿にしている。

あんな怪しげなこと、かわいい末っ子にはやらせたくない——そんなことも言ったかもしれない。

しかも、やっぱり跡継ぎが欲しくなってきた。身体にも不安がある。

——すると、どうする……？

お稲から新太を取り上げようとしたのではないか。

——あ。

あれだけ可愛がっている新太を取り上げられるとなったら、お稲は旦那を激しく憎むのではないだろうか。

十

竜之助は、翌日にはもう手妻の弟子入りを果たしている。

お稲は竜之助の弟子入り志願にかすかに眉をひそめたが、何かを覚悟したように大きくうなずいた。

この前、新太がやってみせたたぬきの手妻から習うことになった。

たぬきは綿の入った布でつくられていて、ぎゅっと握れば小さくなったり、ひょいと放ったりすることができる。こうしていろんなところに隠し、まるで消えたみたいに見せかけているのだ。

まずは、すばやく袖の下に放り込む稽古をすることになった。

稽古の途中——。

「あ、達人だ」

新太が、窓の向こうを通った男を見て言った。

身体の大きな町人が、風呂敷包みを一つ、大事そうに抱え、裏の長屋に行くところだった。

「達人？　達人てなんだい？」

「知らない。自分で言ってたんだよ」

「手妻がうまいのかな」

「手妻はしないよ。剣が上手なんだって」

「ほう」

だが、竜之助にはとてもそんなふうには見えない。

歩きかた、腰の座り具合。それから重い刀を差して歩くことから来る身体つき。そういうものから、剣をやるか、どれくらいできるか、竜之助くらいになると一目でわかる。

あの男に剣の経験はなく、むろん達人などという域には天地ほど離れている。

——それが、自分で達人などと言うだろうか？

首をかしげていると、窓の向こうに小さな顔が二つ、三つと現われた。

「よう、ちび」

「抜け作」

ひどい言い方である。近所の悪ガキどもが新太をからかいに来たらしい。竜之助がいることには、中が暗いのと、壁に背をつけて座っていて死角になっているのとで気がつかないらしい。

新太はべそをかいた。

竜之助は、悪ガキのほうには口を出さず、

「新太、負けるな」

と、小声で言った。

「うん、でも」

「いじめるなんてことはくだらないことなんだ。だから、そんなくだらないことには負けるな。どうせ、あいつらだって、いろいろやりきれないことがあるから、他人に当たったりしてるんだからな」

いじめられる側の気持ちはよくわかる。自分にも田安の家で、そういうつらい時代があった。

それだけではない。

竜之助は、いじめるほうの気持ちもわかる。つらい日々だと、誰かに当たりたくなる。

「やぁい、やぁい、ちび新太」

悪ガキがしつこく言った。

「ほら、よく見ると、あいつも情けねえ面《つら》してるだろ」

と、竜之助は言った。

「ほんとだ」

新太がうなずいた。一回り大きくなることで耐える力も生まれる。やみくもに我慢しつづけることはできない。

だが、裏庭のほうから、

「お前ら、いま、新太をいじめただろ」

お稲が飛び出して来た。いままでは見せたことがない剣幕だった。鬼のような顔だった。

「あっ」

母親はいないと踏んでいたらしく、悪ガキは怒鳴られて慌てて逃げて行った。

「まったく、あの糞ガキどもったら」

「新太をいじめるのかい？」

竜之助が戸口から顔を出して訊いた。

「ええ。この前なんか、暗くなるころを狙ってやって来て、新太を嚇かしたりするんです。意地が悪いったらありゃしない」

「暗くなってな。そりゃあ、彦蔵が聞いたら心配したんじゃねえのかい」

と、竜之助が言うと、

「えっ」

お稲の表情が硬くなった。何かまずいことにでも触れたのか。

「木の葉天狗《こはてんぐ》が来るんだよ」

と、新太が言った。

「なんだって」

「おとっつぁんが言ってた。いじめる子のところには木の葉天狗が来るんだって。恐ろしく怖いらしいよ。天狗の顔してて、葉っぱが髪の毛のかわりに生えていて……」

「葉っぱがな」

そう言えば、彦蔵が亡くなった翌日、ここに来たとき、階段の下に椿の葉っぱが落ちていたような気がする。この家に椿の木はない。だが、横浜屋の中庭にはあった。

十一

竜之助は手妻の稽古を終えると、外に出て、裏手の長屋のほうに向かった。

すると、例の男が湯屋に行くらしく、家から出てきたところだった。

同心姿の竜之助を見ると、慌てたように会釈をし、すれちがって行った。

——おや？

と、竜之助は思った。鼻のかたちに特徴がある。

細い鼻梁で、中ほどでもう一度、隆起する。けっしてかたちが悪いというのではないが、めずらしいかたちである。

お稲と似ていた。

竜之助は、井戸端にいた男に訊いた。

「いま出ていった長身の男だがな」

「ああ、定吉《さだきち》だね」

「ここは長いのかい？」

「いや、ひと月ほど前かね」

新しく来たばかりなのだ。

「何してるんでえ？」

「なんでも骨董《こっとう》を扱っているそうですよ」

「こんな長屋に骨董を置いておくのかい？」

長屋の者とは言わないまでも、留守どきに誰がやってきて盗んでいくか、わかったものではない。

「ここで売るわけじゃありません。骨董屋から預かったものを、自分のお得意さんに売ってまわるんです。それで売れたら、割り前をもらう。いわば、骨董のかつぎ売りみたいなもんで」

「なるほどな」

いろんな商売があるものである。

「このあいだなんざ、こんな短刀なんだけど、妖《あや》かしを斬るのに凄い威力があるって刀を自慢してましたよ」

「刀を？」

「なんでも闇切り丸とか言うんだそうで」

そこまで聞くと、竜之助は一つだけ確認しようと、三河町の巾着長屋に行った。

「お稲さんには弟はいねえかい」

と、お寅に訊いた。

どういう風の吹き回しか、写経をしている途中だったお寅は、ちょっとだけ記憶をたぐるような目をしたあと、

「ああ、いるはずだね。ただ、ぐれちまって、地回りの使い走りみたいなことをしてたんで、姉弟の縁を切ったと言ってたよ」

と、言った。

それこそ、あの骨董屋の定吉にちがいない。

筋書きは見えてきた。

だが、お稲と弟の定吉をしょっぴいて、めでたしめでたしとはならない。

しかも、お裁きにしたって難しくなる。

お稲がこれで金でも奪っていたり、財産がまわってくるよう細工でもしていたら別だが、そんなことはなにもしていない。

お稲はなにも得ていない。

ただ、新太を自分の手から奪い取られるのを防ぐためにやったことなのである。

――どうしたらいい？

十二

雲が空一面をおおってはいるが、ところどころに穴があいたように高い空をのぞかせている。その空の色はさまざまで、東のほうは夜の色がにじみ出ており、西のほうは薄紅や茜色《あかねいろ》など赤みが濃くなっていた。

定吉は軽い足取りで小伝馬町の裏長屋に帰ってきた。

風呂敷が空になっているところを見ると、持ち歩いていた骨董品がうまく売れたらしい。

今宵はうまい酒を飲めるはずだったかもしれない。疲れに満足を覚える夜だったかもしれない。

竜之助は声をかけるのが嫌になった。

だが、いずれにせよ、この男と相談が必要なのだ。

道の真ん中で行く手をさえぎった竜之助を見て、定吉は顔をこわばらせた。

「ちっと話があるんだ」

「なんでしょうか？」

　小伝馬町の牢屋敷の北側は神田堀になっていて、そこの土手に定吉を連れて行った。

「話というのは？」

「うむ。売れたのは、闇切り丸かい？」

「え？」

「妖怪を一刀のもとに斬り殺すんだろ」

「ああ。でも、そっちはもっと前に売れちまいました」

「そうだったかい。横浜屋の旦那が、心ノ臓の発作で死んだんだ。その死がどうも怪しいと言ってきたのがいてな。その人は、息子たちが怪しいと思ったらしいのさ。ところが、調べてみたら、ちがってしまった。どうもおいらは、誰も疑っていない、しかも、疑いたくもない人を炙《あぶ》り出してしまったみたいなのさ」

「……………」

　定吉は黙って掘割の水を眺めている。

　堀の水はゆっくり流れていて、夕日の赤い色が揺れている。

「横浜屋の妾の子で新太という子どもが近所の悪ガキどもにいじめられている。そこで、横浜屋の旦那は、悪ガキを嚇かしてやろうと思い立った。化けるのは、木の葉天狗という化け物。どうやら、旦那の生まれた駿州《すんしゅう》あたりに出る妖かしらしい。その日、横浜屋の旦那は、木の葉天狗とやらに化け、二階に隠れて悪ガキが来るのを待っていた。そのうち、一階でこそこそと音がする。きやがったなと旦那は階段を下りかけた。もちろん、木の葉天狗の格好で」

「…………」

定吉は何も言わない。

「ところが、ここにいたるまで、話はもう一本、伏線が張られていた。近所の住人で、骨董を売り歩く男がいて、この男は闇切り丸という名刀を持っている。しかも、剣のほうは町人ながら達人と呼ばれるほどの腕前。妖かしなんぞはばっさり一太刀でぶった斬ってしまう。そんな話が横浜屋の旦那に伝えられてあった」

「…………」

「さて、二階から現われた木の葉天狗の旦那だったが、一階に悪ガキどもはいない。おや、どうした？　と思ったとき、いきなり闇切り丸を持った近所の若い男が現われた。おのれ、妖怪。旦那は慌てただろうな。ちがう、わしはちがう。だが、お面をかぶっているからなかなか口が回らない。ちがう、ちがう。逃げようとするが、若い男は刀を構えてにじり寄り、えいっと……。この、刀を振り下ろされるってのは、おいらたちみたいなやつらは別として、怖ろしい衝撃を与えるらしいな。有名な話なんだが、斬首が決まった罪人に目隠しをして、ではいくぞと言い、刀ではなく、濡れた手ぬぐいでぴしりと首を叩いた。すると、その罪人はまるで刀で首を斬られたようにだらりと垂れ、心ノ臓も止まり、死んでしまった。それくらいの衝撃なのさ」

「……」

「だから、このときも闇切り丸で斬ったふりをしただけだ。ところが、横浜屋からしたらばっさりやられた気になってしまう。胸がぎゅっと締め付けられ、階段を転がり落ちた。横浜屋はこめかみの両側に傷がついていた。おいらがおかしいと思ったのは、それがきっかけだったんだけどさ。その傷は、お面をかぶったまま顔をぶつけたためについた傷だったんだな……と、まあ、そんなようなことがあった気がするのさ。ただ、万が一、横浜屋が、驚きはしても意外に心ノ臓がしぶとくて、生き残ってしまった日にはどうしたのかなと思うんだがね」

「なあに、そんときはおそらく冗談ですよで済ませるんですよ。向こうだっておおかしなお面をかぶって、ふざけてるみたいなものなんでしょうよ」

と、定吉は居直ったような口ぶりで言った。

「なるほどな。それから、そいつは木の葉天狗のお面をはずして持ち帰り、出かけていたお稲と新太がもどってきたというわけだ」

そこまで言って竜之助は、定吉を見た。

もう充分、追いつめたはずだった。

夕暮れの中で、定吉の顔はゆがみ、強《こわ》ばっているのも見えた。

おそらく、定吉は江戸ところ払いくらいの罪を食らっているのだろう。だから、本来なら定吉は江戸市中には入り込めないはずなのだ。

だが、お稲は方々に手をつくし、可愛い弟を自分の近くに置いておくことにしたのだろう。もちろん、当初はこんなことをさせようとは夢にも思わなかった。

「縛るんですかい？」

と、定吉は訊いた。

「縛らねえよ。だいたい、これは奉行所の仕事じゃねえんだ」

「同心さまが何をおっしゃる。どうぞ、いつでも縛りに来てくださいよ。あっしは逃げも隠れもしねえ」

定吉は役者が見得でも切るように言った。

竜之助は、定吉がひそかに江戸を出てしまうことを願った。下手人らしき男がいなくなったりすれば、自然、疑いもうやむやになる。町方も、そんなはっきりしない話を追いかけている暇はない。

ところが、事態は竜之助が期待したのとはまるでちがうほうへ進んだ。

次の夜になって、お寅がまた、八丁堀の役宅を訪ねてきた。

「よう、どうした、お寅さん？」

「旦那、お稲ちゃんが……」

「お稲がどうかしたのか？」

どきりとした。

今回、お稲には何も言わずにいた。言えば、事件をほじくり出すことになる。

周辺をすこし掘ったが、何も出てこないのでやめにした——そんなかたちで収めるつもりだった。

「自首しちまったんで」

「なんだと」

今朝になって、お稲は神田からは近い北町奉行所のほうに顔を出し、

「横浜屋の旦那を殺しました」

と、告げたのである。その話によれば——。

やったのは、お稲。息子の新太を外に連れ出しておいて、急いで引き返してから、横浜屋を嚇かして斬るふりをしたのだという。

弟なんぞはどこにも出てこない。

たしかに、そうした手口も考えられないでもない。

だが、お稲に刀を振りまわされたって、怒りこそすれ、心ノ臓が止まるほどの衝撃は受けるわけがない。

おそらく、手口を考えたのも定吉のはずなのだ。

お稲は、死罪になるかもしれない弟をかばったのだ。定吉は、姉の説諭《せつゆ》にしぶしぶうなずき、いまごろは江戸を離れたにちがいない。

「まさか、お稲ちゃんが下手人だったなんて」

と、お寅は呆然《ぼうぜん》としている。

「てっきり息子たちのしわざとばかり思ったから、福川さまに相談したりしちまって。あたしが黙っていたら、福川さまはなにも気がつかなかったでしょうし」

お稲は、竜之助の手が迫ってきたので自首することにした――そんなふうにお寅には告げたのだろう。

「まさか、死罪には？」

と、お寅が訊いた。

「いや、事情をきちんと話せば……」

ひたすら子を想う気持ちがさせたことである。

だが、妾が旦那を殺すのは軽い罪ではない。

八丈島《はちじょうじま》に流されるのは避けられないかもしれない。

「新太はどうするのだろう」

と、竜之助はつぶやいた。

「新太はあたしが育てます」

と、お寅は決然とした口調で言った。

「え？」

「お稲ちゃんに頼まれたんですよ。もどってくるまで、この子を育ててくれって」

「引き受けたのか？」

「仕方ないじゃないですか。あたしのせいで、お稲ちゃんは捕まっちまったんだから」

だが、子どもを育てるお寅というのは、どうしても想像することはできなかった。

十三

「これからは座禅どころじゃないかもしれないので」

そう言ったのは、お寅の声である。

竜之助は、大海寺の本堂で座っていた。

無念、無想、無念、無想……。

繰り返すがなかなか難しい。このところ、気になることが山ほどある。

そこへふと、聞き覚えのあるお寅の声が耳に入ってきたのだった。

「そうか。だが、座禅なんぞは寺でなければできぬというのではない。どこでもよいのだ」

「そうなんですか」

「ただ座れば、そこが道場。座禅なんぞはなにも難しくも面倒なことでもない。

ただ、座ればいい」

雲海和尚はときに本当にいいことを言う。

いったい、あの人格のどこからああした言葉が出てくるのか、不思議でならない。どぶ池に蓮《はす》の花が咲くようなものではないか。

竜之助は黙って座ったまま聞いていた。

お寅はあとから来たが、竜之助には遠慮して声をかけず、先に帰っていった。

半刻（一時間）ほどして——。

「じゃあ、狆海さん」

座禅を終え、帰ろうとした竜之助に、

「さっき、おかしなことを思いました」

と、狆海が言った。

「なんだい、おかしなことって？」

「福川さまとお寅さんて、何となく似た感じがありますね」

「そうかい。顔が？」

「いや、座禅のときのかたちが」

「ふうん」

座禅のときのかたちというのはわからない。

だが、狆海の、いや、少年の勘というのは馬鹿にできない。

――もしかして、お寅さんがおいらの母上だったりして。

竜之助はその想像が、自分でもおかしくてならなかった。


柳生全九郎は、神田旅籠町の宿屋の二階から外を見下ろしていた。

岡っ引きの文治の〈すし文〉も同じ神田旅籠町にあるが、そことはちょっと離れている。

宿屋の前は両国や上野《うえの》ほどではないが、広小路《ひろこうじ》になっている。

日は西の高台のほうに沈み、空はそれほど暗くはないが、見下ろす広小路一帯は水の底のような青い色に塗りこめられていた。

寂しい光景だった。

人々が大勢行きかうが、誰もが疲れ、寂しげに見えた。

全九郎はいま、一人きりだった。

柳生の里の下忍たちはみな、出払っていた。

――ん？

下の広小路を、徳川竜之助が通るのが見えた。

殺意がこみあげるのをそっとおさえた。殺気を感じ取られてしまうかもしれない。

竜之助は立ち止まり、娘と笑いながら立ち話を始めた。

娘が誰かはわかっていた。瓦版屋のお佐紀《さき》という娘だった。徳川竜之助の身辺のことは、柳生の下忍たちが事細かに調べつくしていた。

——あいつを斬れば、わたしの仕事は終わるのだろうか。

と、全九郎は想った。

だが、仕事が終わるというのがどういうことか、ぴんとこなかった。

次に、子どものころのことを思った。こちらは、この数日、しばしば思うことだった。

物心がついたときには、すでに剣を持っていた。剣を学ぶ以外にはすることはなかった。強くならなければ飯にもありつけなかった。生きるためには強くなるしかなかった。

同じ年ごろの子どもたちが気になることはたびたびあった。話をしたかったが、それは禁じられていたし、それに子どもたちが自分を見る目に恐怖の色があった。話しかけても逃げられていたかもしれない。

海辺新田の砂浜で斬り捨てた三人は、友だち同士だった。語り合ったり、競い合ったりしたにちがいない。だから死ぬときにも、互いに寄り添うようにした。

全九郎にはその友もなかった。

だが、同じ年ごろの子どもよりもさらに気になっていたのは、母だったのかもしれない。母さん。あるいは、母上。

徳川竜之助が、お佐紀との立ち話を終え、帰って行くところだった。

殺意が高まった。もう、ここからなら殺気も届かない。

──早く斬ってしまいたい。

あの男を斬れば、もしかしたら他の子どもにはあって、自分にはなかったものも得られるようになるのかもしれなかった。

友だち。

そして、母……。

第二章　出てこない男

一

あちらこちらの軒下に架かっている蜘蛛《くも》の巣が、朝露をふくんで風に揺れている。揺れるたびに、朝露はいかにも天からの恵みのように艶々《つやつや》と光る。

江戸の長屋の朝は早い。

ここ本郷竹町《たけちょう》の新助《しんすけ》長屋も同様に早い。

東の空がほんのすこし白みかけると、あちこちからがたごとと音がしはじめる。

おきんは台所の窓から見える東の空にぱんぱんと柏手《かしわで》を打つと、火種から火を起こし、へっついの一方の口に仕込んでおいた飯炊き釜をのせ、湯をわかす鉄瓶を隣りに置いた。

おきんは、八年前からここに住んでいる。三十二になったが、縁に恵まれずいまだに独り身である。

「なんでおきんちゃんみたいなべっぴんが」

とは耳に胼胝《たこ》ができるくらい言われたが、ときおり摑《つか》んだ男がどれもいろいろと問題のある男たちだったのだからどうしようもない。

いまは通いの女中をしている。朝早く起き、神田須田町《すだちよう》の宿屋まで急ぎ足で向かう毎日である。

死んだ母親に自慢したくなるほど幸せではないが、それほど不幸でもない。まあ、こんなものだろうと思っている。

ただ、昨日の夜から腹の具合がよくない。

悪いものを食べたのだ。一昨日買っておいたいわしの煮付けで、梅干で味付けしたわけでもないのに、酸っぱいような味がした。あぶないかなと思ったが、好きなので食べてしまった。

だから、今朝は粥《かゆ》にしてかんたんに済ますつもりである。炊き上がるのを待つうちに厠《かわや》をすませておこうと外に出た。

前に来ると、一人並んでいる。

煮売り屋をしているおそでだった。おそでは、四十は超しているはずだが、小柄なので五つほどは若く見える。

「なんだい、いっぱいいなの？」

「出てこないんだよ」

と、おそでは声を低めて言った。

新助長屋は、こうした長屋にはおなじみのつくりで、棟割長屋が二棟並び、路地の突き当たりに、井戸とお稲荷さんの小さな祠《ほこら》と、そして厠がある。

厠はひとつしかないところもあるが、ここは二つあるからまだましである。

だが、両方ともふさがっているらしく、並んで待っているというわけである。

「右は又助《またすけ》さんだろ」

長屋の厠は、下半分しか戸がない。だから、胴が長いやつが入ると、頭の先が見えたりする。右の厠からは白く艶のない髷《まげ》がちょこんと見えている。

「又爺ならしょうがないか」

なにせ八十である。ふだんから動きは遅い。

「左は誰だい？」

と、おきんは背伸びをし、中をのぞくようにした。

「男じゃないか」

「そうなんだよ」

「誰？」

「わからないよ」

おそでは首をかしげた。

この長屋には、若い男はほとんどいない。去年まで十五の男がいたが、今年から住み込みの奉公に出ている。

住人の親戚でも泊まりに来たか。あるいは誰か男を引っ張りこんだのかもしれない。

「まったくもう」

おきんはじりじりしてきた。

そこへもう一人並んだ。ここで常磐津《ときわず》の師匠をしている亀千代《かめちよ》である。

「困るね。朝の忙しいときに」

おきんがそう言うと、

「もしかして、あいつ、昨日も来てた？」

と、亀千代が言った。

「そういえば、一昨日もいた」

おそでもうなずいた。

「だったら、これで三日つづけてかい」

「どういうつもりなんだろう」

亀千代がぐっと胸を張った。なにか行動を起こすことにしたらしい。

いまでこそ常磐津の師匠をしているが、昔、亀千代は魚河岸で働いていた。なかなか気の強い性格なのである。しつこく値切る侍に、サバを叩きつけてやったという逸話も聞こえてきたりする。

ふだんはできるだけそんなところは見せないようにしているが、この手の我慢というのは堪忍袋の緒をたやすく引きちぎってしまうらしい。

「やいやいやい……」

と、大声になった。「なんだっててめえの家でしてこねえんだよ。それとも妙な嫌らしいことでも考えてんじゃないだろうね。黙ってないで、返事くらいしろ」

「………」

それでも返事はない。

「よおし、こうなったら」

と、亀千代が無理やり戸を引っ張ろうとすると、

「うわっ」

いきなり戸が開き、若い男が飛び出してきた。

女たちは一瞬だが、男の顔をしっかり見た。そういう視線の素早さは男たちよりも断然すぐれている。

濃い眉《まゆ》。低い鼻。いくらか受け口である。歳は若い。まだ、二十歳になるかならないかくらいではないか。

「あっ、こら、待て」

男は顔をそむけたまま、おきんたちを突き飛ばして逃げてしまった。

二

「……という騒ぎがあったんだとよ」

定町廻り同心で〈仏の大滝《おおたき》〉と呼ばれる大滝治三郎《じさぶろう》が、周囲を見回して言った。

ここは南町奉行所の同心部屋である。外回りからもどってきた同心たちが、茶をすすりながら、今日のできごとをいろいろ語り合っている。

いちばん皆の注目を集めたのは、やはりこの大滝の話である。

「それは面白いし、なおかつ臭い」

「たしかに臭い話だ。厠にそれだけこもるんだもの」

「まったくだ。あっはっは……」

同心たちは笑いながら、そこは長年の勘が働くのか、そんな話はうっちゃっておけなどと言う者はいない。

なにかしら、調べてみる必要はあると思ったらしく、

「その騒ぎを調べるのにぴったりの人材がいるな」

と、古株の同心が言った。

「まさに、その者のためにあるような騒ぎだ」

最古参の同心もうなずいた。

徳川――いや、奉行所での名は福川である――竜之助が、ちらりと顔を上げた。今日は早めにもどって、ずっと切絵図とにらめっこをしていたのだ。

みんなが竜之助を見ている。

「え？」

「……」

黙ってじいっと見ている。

「もしかして、いまのぴったりの男というのは、わたしのことでしょうか？」

竜之助はいささか憮然《ぶぜん》として訊《き》いた。

「うむ」

と、みんなはいっせいにうなずいた。

「そんなぁ……」

正直言って、いまは猛烈に忙しいのである。

効率のいい町廻りの道を考えろ——竜之助は、先輩の定町廻り同心である矢崎《やざき》三五郎《さんごろう》からそう命じられた。

定町廻りは、江戸の町人地にある自身番を、異常がないかどうか訊いて回るのが大きな仕事である。

ただ、矢崎はこれをできるだけ少ない時間で回りたい。そのためには、同じ道を通らず、一筆描きのような道順を歩かなければならない。

「いったい、早く回ることになんの価値があるのか？」

と、竜之助は矢崎に訊いてみたい。

だが、矢崎には訊けない。それは、いかにも矢崎らしい願いで、矢崎の自信や生きがいなど、人間の根幹にかかわってくる問題なのだ。

おそらく、矢崎は記録をつくりたいのだ。

奉行所で最強の同心とか、最年長の同心とか言われるのは難しいが、最速の同心というのを目差しているのではないか。

噂の早足同心。韋駄天《いだてん》三五郎。

大滝治三郎が、〈仏の大滝〉と呼ばれるのを切望したように、矢崎もまた足の速さを売り込んで、多くの人にその存在を認められたいのではないか。

もしもそこを誹謗《ひぼう》するようなことを言おうものなら、矢崎はおのれの尊厳を傷つけられた気がして、激怒するにちがいない。

だが、これをつくるよう命じられた竜之助は大変なのだ。

切絵図を見ながら道順を考え、じっさいにそれで歩くことができるのか、時間は短縮できるのか、実地でも検分しなければならない。

「ですから、いまはとてもそんな騒ぎにかかずらっている暇は」

そこへちょうど矢崎三五郎が帰ってきた。まだ春のぬくもりには遠いのに、うっすら汗をかき、ほんのり上気している。町廻りをしてきたというより、湯に入ってきたような顔である。

「ほら、福川。矢崎に言いたいことがあるんだろう」

と、大滝がからかう。

「いえ、わたしは別に……」

「なんだ、福川」

矢崎に睨《にら》まれ、

「いや、じつは……」

事情を説明せざるを得ない。

「なるほど。そりゃあ、福川、そこまでみんなに期待されてやらなかったら、男がすたるだろうが」

「では、矢崎さんの仕事はやらなくてもよろしいので?」

すると、矢崎は冷たく言い放った。

「馬鹿。二つくらい掛け持ちできずに同心の仕事がつとまるか」

三

こうしてまたもや面倒な仕事を抱え込んだ竜之助が、切絵図を見ながら回る順番を考えていると、

「よう、福川」

と、与力の高田九右衛門《たかだきゅうえもん》があいかわらずの無表情のままやってきた。声音《こわね》にはいくぶん親愛の情を感じるが、表情にはまったくうかがえない。

この人の表情は、口が開いているか、閉じているかの二通りにしか変化せず、いまは閉じているほうである。

もちろん閻魔帳《えんまちょう》を片手に持っている。

これに同心たちの勤務状況などを点数にして書き込んでいるのだが、ちらりとのぞいた者によると、最近はこれに朱筆も書き加えられているという。朱の意味がよくわからないので、同心たちは戦々兢々《きょうきょう》としている。

まだ残っていた二人の臨時廻りの同心は、高田の顔を見るとそそくさといなくなった。

「よう、福川。どうだ、酒でも飲みに行くか？」

高田は竜之助のそばに来て、切絵図をのぞき込みながら言った。

「あ、いまからちと、見に行かねばならぬところがありまして」

「なあに待っててやる」

「え」

「終わるまで待っててやる。場所はどこだ?」

「遠いですよ」

そこまで行くのが嫌になるくらいに、なんとか疲れていて欲しい。

「だから、どこだ?」

「本郷竹町ですが」

「それだったら、昌平坂《しょうへいざか》を下りたところに、うまい魚を食わせる飲み屋がある。あそこのおかみはいいやつだ。そこに行こう」

残念至極だが、あまり疲れていなかったらしい。

ここまで言われて断われる人間がいたら、それは人ではない。人の顔をした門《もん》扉《ぴ》である。

「わかりました」

と、立ち上がった。

じっさい、けっこうな道のりである。

数寄屋橋《すきやばし》御門前の南町奉行所を出て、お濠の内側を北に歩く。神田橋御門を出ると、町人地の三河町を抜け、昌平橋を渡った。

神田川沿いに昌平坂を上りきれば、まもなく本郷竹町である。

大滝にざっと訊いたところでは――。

この新助長屋は、屈強な若い男がいないので、前から物騒だと言われていた。

大家がうるさくて、騒ぎを起こしそうな男は入れない。そのため、女の一人住まいや、余裕のある隠居などがほとんどになってしまったという。

借り手に対する注文が多いわりには、とくにきれいなわけではない。高台にあって、この前の火事でも焼け残ったので、坂下にある長屋に比べるとずいぶん古びてしまっている。

いいところは前に建物がないので、見晴らしがいいのと、日当たりがいいことくらいである。

もう遅いので、今日はざっと外観を眺めるだけにする。

問題の厠も見た。

二つとも空いている。

長屋の連中はもう夕飯を終えたらしく、汚れた仕舞《しま》い湯に行く者以外は、そろそろ眠りにつく準備をはじめている。

一人ひとりをくわしく見れば、いろんなできごとはあったのだろうが、それでも明日が来るのはまちがいなさそうな、静かに更けていく夜。

「もういいか?」

と、高田が訊いた。

「そうですね」

急《せ》かされるようで頭も働かない。

「行くぞ」

と、高田は先に歩き出した。

のれんをわけた店は、〈おかめ〉という屋号の小料理屋である。通された部屋は狭いが、炬燵《こたつ》があって、居心地はよさそうである。おかみの表情にも、同心たちが高田を見るときのような、独特の緊張感がない。ここではほかの客とそう大差ない、ふつうの客なのかもしれない。

「ま、一杯行こう」

「あ、恐れ入ります」

恐縮して飲む酒は好きではないが、仕方がない。

高田はあまり酒は強くないらしく、二、三度、盃を空けただけで、顔が赤くなってきた。

「福川は元気そうでいいな」

「まあ、わたしの自慢はそれくらいでして」

「元気があるのがいちばんだぞ」

「そうですか」

「そうさ。わしの、この閻魔帳でも、元気があるなしについてしっかり点数をつけている」

「そうですか」

思わず目を逸《そ》らした。あまり見たくない。

「娘に婿を取ったのだがな、これがどうも病がちでな」

高田の口が開き、無表情のまま、行灯《あんどん》の明かりを見ている。

うっすらと悲しみがただようのは、気のせいか。

「そうなのですか」

「なかなか見習いにも出せない。しかも、先はあまり長くない」

「え？」

ずいぶん深刻な告白である。

「医者はそう言っておった。治らない病だと」

「……」

「娘も不憫《ふびん》でな」

「それは……」

「孫の顔も見られそうもない」

「ああ」

「そなたともうすこし早く知り合っていたらな」

「はあ」

「娘は三十三だが」

「それは……」

だいぶ年上である。

それに、ちょっと場違いな話のような気もする。

「器量もあまりよくないが」

「器量は別に……」

「福川も身体は大事にしたほうがいいぞ」

高田もけっこう寂しいのだ。

なんだか酒がどろどろしてきたような気がした。

四

翌朝——。

岡っ引きの文治が本郷竹町の新助長屋にやって来た。昨夜、すこし顔を赤くした福川竜之助がやって来て、ここの長屋のようすを気にしておいてくれと頼まれた。なんでも、厠に入ったまま出てこなくなる男がいるとのことだった。

——福川の旦那もかわいそうだぜ。

と、文治は思った。

なんだか馬鹿馬鹿しい事件ばかりおっつけられている。

いまは、矢崎の旦那に面倒な仕事を頼まれていて、忙しくてしょうがないはずである。そこへまた、そんなくだらない事件を担当させられたらしい。

だいたい、厠から出てこないからといって、それが何だというのか。別に一日中でも十日間でも入れておけばいいじゃねえか。

いきどおりながら坂を上って来た。

「おい、新助長屋ってえのはここらかい？」

「そっちの路地を入ったとこでさあ」

「なるほど、ここか。あれ？　なんだか見たことがある気がするな」

文治はしばし考えた。

もっとも江戸の長屋はどこも似たようなつくりをしている。ここのとそっくりな長屋だっていくらもあるにちがいない。

路地のところに来ると、反対側から来た妙におどおどしたそぶりの若い男が、新助長屋のほうへ入ろうとしていた。

——あいつ……？

厠にこもったのも若い男だというし、福川の旦那からざっと聞いていた人相にも当てはまる。

「おい、おめえ」

と、声をかけると、

「あっ、申し訳ありません。ちょいと急いでましたて」

文治のわきをすり抜けて、逃げた。

「逃げたな、こいつ」

「そんなつもりはないんで。急いでいるだけです。すみません、すみません」

謝りながらも、足はどんどん速くなる。道は坂道で、すいかが転がるように加速がついていく。

「逃がすか」

文治はそう言って、後ろから俄然《がぜん》、早足になり、男の首根っこのあたりに飛びついた。男は足がもつれて倒れたが、それでも這いつくばって逃げようとする。

文治は後ろから、左手で男の帯のあたりを摑まえ、同時に右手で十手を持ち、男の見えるところに突き出した。

十手を見れば、よほど肝の太い悪党でもなければ、たいがいの町人はすくんでしまう。

「げっ。親分。ご勘弁を」

泣きそうな顔で言った。

「なんで逃げた」

「逃げたんじゃなく、急いでますんで」

「おめえ、名前は？」

「弥之助《やのすけ》といいます」

名乗ったところで立たせた。

そうひどい取調べをする理由はない。なぜなら、いまのところたいした悪事はしていないのである。

女に悪さでもしていれば別だが、ただよその長屋の厠に入っていただけである。やったと認めたとしても、二度とするなとどやしつけるくらいでおしまいになる話である。

「おめえだな。あの長屋の厠に朝晩入っちゃ出てこなくなってるってのは？」

「出てこないってほどでは」

「なにしてやがるんでえ？」

「仕事に行く途中でなぜかあのあたりに行くと、したくなるので、厠を借りてしまうだけなんですよ」

そう不思議な話でもない。本屋に入るとかならず厠に行きたくなるという男を知っているし、なぜか目に留まっている場所というのもある。尿意を覚えると、あの長屋を思い出してしまうのかもしれない。

「おめえ、家はどこでえ？」

「家は神田岩井町《いわいちょう》の与次郎《よじろう》長屋で、本郷二丁目にある〈よしの家〉という料亭で板前をしてますんで。下っぱなもので、もうそろそろ、行かないと、板長にどやされます。ここらでご勘弁を」

「馬鹿野郎。おめえの話がほんとだとわかったら、解放してやる。まずは、その〈よしの家〉で本当に働いているかをたしかめるぜ」

「げっ。御用聞きの親分に見張られてるなんて知られたら、あっしはあの料亭をクビになっちまいます」

「だったら、店の者には気づかれねえように確かめてやるよ」

文治は、竹町の裏から本郷通りを、弥之助のあとからついて行った。

二丁目はすぐである。弥之助はちらりとこっちを見ると、道沿いにある〈よしの家〉のわきの通り道に入った。

ここらでは目立つほど大きな店である。しかも、かなり流行《はや》っているらしく、板場のほうをのぞきこむと、こんな早いうちから、七、八人ほどの板前が忙しく下ごしらえに精を出している。

「すみません。遅くなりまして」

弥之助が声をかけると、

「馬鹿野郎。弥之助、てめえ、なにをもたもたしてやがる。早く、大根の皮を剝《む》きやがれってんだよ」

大声で怒られている。

「さっさとかぼちゃもつぶしておけよ」

どうやらここの板前であることは間違いないらしい。

――まあ、あんだけ嚇《おど》しておいたからいいか。

と、文治はもどることにした。

五

「それで、ここを左に曲がると……」

いろいろ書き込みのある切絵図を片手に、凄《すご》い勢いで歩いてきた竜之助は、

「おう、福川じゃねえか」

定町廻りの大滝治三郎の一行と出くわして足を止めた。ここらは神田三河町。

表通りは油屋が多い一画である。

「ああ、大滝さん」

「もしかして、矢崎に頼まれたやつかい」

と、笑いながら竜之助の持っている切絵図を指差した。

「ええ」

「ところで、福川はさびぬきのお寅は知ってたよな」

「はい。座禅仲間ですが」

そういえばここは巾着長屋の近くである。

「驚いたぜ。あのお寅が子育てをしてるんだもの」

「ああ、はい」

新太のことである。大滝はその事情をまだ聞いていなかったらしい。

「ありゃあまずいよな」

と、大滝は本当に心配そうに言った。こういうところを見ると、〈仏の大滝〉という綽名《あだな》は、もっと自然発生的に出てきてもよかったのではないか。ほとんど自称の綽名であるのはかわいそうというものである。

「まずいですか」

「こう言ってはなんだが、あそこは子育てをするようなところじゃねえだろ。手癖の悪いヤツばっかりだぜ」

「それはそうですが、手癖が悪いんじゃなく、やたらと手先の器用な人ばかりいると思えば、手妻《てづま》を学ぼうとしてる新太にはぴったりかもしれませんよ」

「ううむ。しかも、育てるのはお寅だぞ」

大滝がそう言うと、後ろにいた岡っ引きと小者たちは笑った。お寅は奉行所では有名人で、町方にかかわる者のほとんどはお寅のことを知っているらしい。

「あれが子どもを育てて大丈夫かね？」

お寅を知っている人たちは、いちようにそれを心配するらしい。竜之助は雲海が心配しているのも聞いたし、文治もそのようなことを言っていた。それほど子育てには似つかわしくない人なのか。

親分として慕うスリの子分も少なくない。だとしたら、そういう人望はあるはずではないか。

「だが、大滝の旦那。お寅ももう四十は過ぎてますしね」

と、連れていた岡っ引きが言った。

「それがどうした？」

「子どもというより孫みたいな歳ですもの。まあ、孫だと思えば、あんまりかかりもせずに済むんじゃないですかねえ」

どうやらすぐにかかりかかりするところが問題らしい。

「だったらいいのだがな」

仏の大滝はますます心配そうな顔をした。

六

徳川竜之助が文治と会えたのは、夕方近くなってからだった。

矢崎に言われていた仕事をやっと完成させたのである。

労作と言えるのではないか。

道順は三つにわけた。

まずは、蔵前《くらまえ》から浅草《あさくさ》、今戸《いまど》から橋場《はしば》へと行き、山谷《さんや》のほうに出る。吉原《よしわら》の前を通って、浅草の裏手に出て、今度は田原町《たわらまち》のほうからもう一度、北上する。小塚原《こづかっぱら》の手前から下谷《したや》の町々を突っ切り、上野の広小路へ。

次は、上野から谷中《やなか》、根津《ねづ》を回り、駒込《こまごめ》へと出る。巣鴨《すがも》まで足を伸ばして小石川へ帰る。ここから本郷、湯島界隈《ゆしまかいわい》を回り、ふたたび小石川、小日向《こひなた》と大きく回って神田明神まで。

三つ目は外神田からはじまり、内神田から日本橋の北と南、さらに霊岸島《れいがんじま》を回るのだが、ここは範囲はそう広くなくても、とにかく密集している。ほとんどが町人地であるから番屋の数も多い。それでも無駄なく、道も重なることなく、すべてを回り終えることができる。

じっさい、自分でも確かめた。

おかげで足は相当に鍛えられた。もともと足腰には自信があったが、この十日ほどで東海道を往復するくらい走った気がする。

ただ、この道順はおそろしく疲れる。

一回だけならともかく、定町廻りの同心にとっては毎日の仕事である。こんなこと、本当にできるのかと思う。

まだ、矢崎には渡しておらず、感想は聞いていない。

ホッと一息ついたところに、

「福川さま。例の厠の閉じこもりの件ですが……」

と、文治がやってきた。

ざっと話を聞いた。

「ほう。身元がわかっただけでも凄いじゃねえか」

「でも、すっとぼけてましたから、なんのために厠にいたかはわからずじまいです」

「じゃあ、今夜はおいらが行ってみるよ」

「あの長屋に？」

「ああ。どうも気になるのさ。泊めてもらうわけじゃねえんだから、長屋の誰かの家にいさせてもらうよ」

「それはまた、あらたな火種になるかも」

文治は不安そうな顔をした。

あの長屋は男はほとんどおらず、女だらけというのである。そこへ福川竜之助がたとえ一晩でも泊まろうものなら、女たちはどれだけ色めき立つことか。

竜之助が女たちに食いちぎられるところを想像して、

「あっしも付き合いますよ」

と、思わず言った。

「おう、すまんな」

二人で新助長屋に出かけた。

部屋のことを文治が大家にかけあうと、大家もこのところの騒ぎで住人から「なにかあったら大家のせいだ」などと文句を言われていたもので、

「ちょうど空いてる部屋がありますから」

と、喜んで協力してくれた。

台所の窓からまっすぐ厠のあたりを見ることができる。

竜之助と文治がその家に入り込み、見張りを始めるとすぐに――。

「ごめんください」

と、女の声。

「え？」

「あのう、あたし、この長屋で常磐津の師匠をしておりますが亀千代と申す者ですがね。大家さんから聞きましたよ。なんでも頼もしい同心さまが、厠の変な野郎を捕まえてくださるとか」

話しながら、入れとも言わないうちに中に入り、そっと戸を閉め切ってしまう。

「捕まえるかどうかはわからねえよ」

と、竜之助が言うが、

「いえ、それでね。わざわざ来ていただいて、なんのもてなしもしなかったじゃ新助長屋の顔も立ちませんよ。これはほんの気持ちだけということで」

亀千代は小さな盆に載せたとっくり二本とこんにゃくの煮付けを、そっと畳の上に置いた。

「せっかくだが、仕事のことで供応《きょうおう》を受けるわけにはいかねえのさ」

「供応だなんて」

「いや、酒の一合、二合だってただで買えるわけじゃねえ」

「堅いのね、旦那。そんなことおっしゃらずに」

「いやいや、それは」

などとやっているところに、

「今晩は」

と、二人目の女の声。

「ん？」

「あたし、この長屋に住むおきんと言いましてね。あら、亀千代さんに先を越されたかしら。いえ、じつはね、なんかわざわざ見張りに来ていただいたと聞きまして、せめてお夜食でも準備させていただかなければと、たいしたものではないですが鍋焼きうどんをこしらえてみたんです。そこのへっついをお借りして、ちょっと温めさせてくださいな」

わざわざきれいな風呂敷に包んだ土鍋二つをへっついの口に置いた。

「悪いが、それは困るのさ。仕事のことで供応を受けるわけには……」

そこへさらに、

「ごめんなさいよ」

「まさか？」

「あら、亀千代さん、おきんさん、いざとなるとすばやいこと。いえね、あたしここのおそでと申しますが、なんでも厠に出入りする不届き者を捕まえてくださると聞きまして、夜なべ仕事には甘いものが力をつけるなどと言いますから、おしるこに餅など入れてみまして」

匂いからして甘そうな鍋をへっついの三つ目の口の上に置いた。

「いや、何度も言うように、おいらは仕事のことで供応を受けるわけには……」

竜之助がそう言うと、わきから文治が、

「旦那。こんななんの力もねえ長屋の連中がおごってくれる酒や飯は、賄賂《わいろ》とは違いますって。そういうのは、てめえもなにか持っていて、もっと欲しいやつがやることでね。この人たちは、なにもねえんだから、求めるものもねえ」

と、笑いながら言った。

「なるほど。だが、こういうことは一歩ずつ深みにはまっていくものだろう。わかった、こうしよう。おいらがあんたたちに酒を一樽ごちそうしよう。それを今晩はいっしょに飲む。おごりおごられで、楽しくやろう」

竜之助の提案に、みなもうなずいた。

かくして、厠を見張りながら、長屋の女たちと酒盛りが始まった。

「ねえ、旦那、おいくつ？」

と、亀千代がうっとりとした目で訊いた。

「明けて二十六になったんだがね」

「まさか独り身？」

と、おきんが上目づかいに訊いた。

「そうだよ」

「わぁあ」

と、声があがり、すこし遅れておそでがごくりと唾を飲む音がした。

「おいらも独り身だぜ」

と、文治が言った。

女たちは、それがなにか？　という顔になる。

「なんだよ」

と、文治はふてくされる。

「それより、来ないな」

厠のほうを見ていた竜之助は言った。

「いま来なかったら、もう来ませんよ。それじゃあ、今夜はとことん飲もう」

と、亀千代が気炎を上げた。

翌朝――。

まだ明けきらないうちから、

「福川、いるか」

外で同心の矢崎三五郎が怒鳴っている。ここにいるというのは、奉行所のほうにも伝えておいた。

「あれ、矢崎さん。どうしたんですか？」

やはりすこし飲みすぎたらしく頭が痛い。

「殺しだ。すぐに来い」

昨夜、女たちが約束していった豪華な朝飯も、食べるどころか、見る暇もない。

七

「どこですか？」

「柳原《やなぎはら》土手だ。走るぜ」

矢崎が自慢の快足で、昌平坂を駆け下りる。

竜之助も負けじと快足を飛ばす。

文治はたちまち息を切らし、わき腹をおさえ、足をひきずり出した。

昌平橋を渡り、八辻ヶ原《やつじがはら》とも呼ばれる筋違《すじかい》御門前の広場を突っ切り、柳原土手を走る。

矢崎は全力で走るが、竜之助も遅れずについてくる。

「おめえ、凄いな。いままで、おいらの足についてこれたのは飛脚くらいだぜ」

「そんなことより矢崎さん。例の報告は見てもらえましたか」

「ああ、見た。今日から回ってみる。あれで回れたら、南町奉行所では前代未聞じゃねえか」

嬉しそうに言った。

柳森《やなぎもり》神社を通り過ぎて、和泉橋《いずみばし》の手前あたりである。

四人ほどが集まっている。

柳原土手には、若草のかわいらしい緑色が枯れ草の中にちらほらと見え隠れしている。春の先頭部隊が到着しつつある。

風が出ているが、それほど冷たくはなく、身をちぢこまらせている者はいない。

遺体の周りには、発見者らしい船頭と、近くの番屋から来た番太郎に町役人、それに女が一人いるなと思ったら、瓦版屋のお佐紀が来ていた。

「よう、お佐紀ちゃん。あいかわらず早耳だね」

竜之助が声をかけると、

「だって、すぐ近くですから」

遺体を前に硬い顔で答えた。

倒れているのは、若い男である。

歳のころは二十歳前後か。濃い眉に低い鼻。受け口。嫌な予感がした。

周囲には暴れたような跡はない。

とすると、別のところで殺され、人けがないときにここに運ばれて捨てられたのではないか。

矢崎が着物をはだけさせた。お佐紀が数歩下がって後ろを向いた。首を締められた痕《あと》があった。

「すみません」

文治が息を切らしながら、遅れて到着した。

「あっ、これは……」

倒れている男の顔を見て、すぐに言った。

「文治、どうした？」

と、矢崎が訊いた。

「例の厠に入ったまま出てこなくなった野郎ですよ」

「やっぱりそうか」

竜之助はつらそうに顔をしかめた。

――おいらの失態だ。

昨夜、来なかったと思ったら、すぐにこいつの長屋を訪ねるべきだったのだ。もしも犯行には間に合わなくても、下手人と鉢合わせになることもあったかもしれない。

それをついつい飲みすぎたりしてしまった……。

「福川の旦那。殺されたのは、厠にこもったわけとなんらかの関係があるんでしょうか?」

と、文治が訊いた。

「そりゃあそうさ」

竜之助はうなずいた。なにか重大なことがなかったら、誰がよその長屋の厠になんか日参するものか。

八

本郷竹町の厠騒動のつづきだというので、直接の調べは竜之助が担当することになった。もちろんまだ見習いの身分だから、いちいち矢崎に報告しなければならないが。

弥之助が岩井町の裏長屋に住んでいたことは、文治が当人から聞いていた。まずは、そこへ向かうことにした。

岩井町は、この柳原土手からもすぐのところである。

お佐紀もしっかりついてきている。瓦版屋の娘は、殺された男を目の当たりにしたくらいでは、怯《おび》えたりはしない。かえって探求心を刺激されたみたいで、切れ長の目をきらきらさせている。

「ここですね」

文治が聞き込んですぐにその長屋を見つけた。

ここも本郷竹町と似たような九尺二間の棟割長屋である。日当たりがよくないらしく、路地もじめじめしている。古くても新助長屋のほうがよかった気がする。

「弥之助はここで一人暮らしだったんだな？」

と、文治はここの大家に訊いた。

「ええ。一人でした」

すっかり禿げあがって、髷もない大家がうなずいた。

「いつからだい？」

「去年の夏でした」

「江戸の者かね？」

「いや。安房《あわ》の在の出でした。田舎が嫌になって、親戚を当てにして出てきたんだと言ってましたがね」

「誰か、訪ねてくるようなことは？」

「たまに板前仲間みたいな若者は来てましたがね」

部屋を見た。争ったような跡はない。

とすると、ここも現場ではない。

「弥之助は、昨夜、帰っていなかったと思うね。ずっと明かりを見なかったから」

と、顔を出した隣りの住人が言った。

「泊まるのはめずらしいのかい？」

「ええ。朝、出て、夜はそう遅くならないうちに帰ってました」

これも、隣りの住人が答えた。

それまで黙って文治たちのやりとりを聞いていた竜之助が、

「ここんとこ、金回りがよくなったとかいうことはなかったかい？」

と、訊いた。

「そんなことはないですね。いつもしけた面《つら》をしてましたよ」

そう言った隣りの住人も、ずいぶんしけた面に見えた。

次に――。

竜之助たちは、本郷竹町の新助長屋に向かった。お佐紀はまだしっかりついてくるつもりらしい。

　高台のほうが陽が当たるからか、それとも陽が昇ってきたからか、岩井町の長屋よりは周囲の雰囲気まで暖かい感じがする。

「あれ？」

　路地の入り口で、お佐紀は立ち止まった。

「どうした、お佐紀坊？」

「文治親分。ここって、前に蒸《む》し物万吉《ものまんきち》がいた長屋じゃないですか」

　お佐紀の言葉に、文治はぱんと手を叩いた。

「あっ。そうだ。だから、このあいだ、見たことがあると思ったんだ」

「なんでえ、その蒸し物万吉ってえのは？」

　と、竜之助が訊いた。

「盗人《ぬすっと》野郎です。去年の夏ごろ、三つほど立てつづけにひどい押し込みをやらかしましてね。ざっと二千両ほどをかっぱらいやがったんです。でも、三つ目の押し込みのとき、ひそかに密偵があとをつけましてね、ここにひそんでいるのがわかり、あっしも捕り方の一員としてやってきたってわけで」

「なるほど。だが、蒸し物万吉とは妙な綽名だな」

「こいつは、もともとは板前でしてね。天才だという声もあったほどです。それで、とくに蒸し物が上手《うま》かったので、蒸し物万吉と呼ばれていたんです」

「なるほど」

「だが、とんまな綽名と実体は大違いでしてね。刺身包丁を二本、武器にして、押し入ったところのあるじを魚でも下ろすようにして切り刻んだこともあるくらいです」

と、文治は顔をしかめながら言った。

「二千両も盗んだやつが住む長屋には見えねえな」

竜之助は、剝《は》がれかけた板葺《ぶ》きの屋根を見ながら言った。

「なあに。ここは隠れ蓑《みの》みてえなもんです。別に立派な家があり、盗んで貯めこんでいた二千両もそっちから出てきました」

「なるほど。そんな悪党がいた長屋だったかい……」

竜之助は大きくうなずいた。

大家に、厠にこもっていた若い男は、昨夜、柳原土手で殺されたことを告げた。

「死んだ……そうでしたか」

「ところで、おめえ、ここに蒸し物万吉がいたのをなんだって黙ってたんでえ？」

と、文治が言うと、

「そ、それはまさか、厠の騒ぎに関係があるなんて思わなかったので」

あわてて首を横に振った。

「関係あるかどうかは、まだわからねえよ」

「それに、ここにそんな大悪党がいたとなると、入居したいという者も来なくなってしまいますので」

「あんた、万吉に懲《こ》りて、男は入れたくなかったわけか」

「そういうことです。そうしたら、今度はこの騒ぎ。まったくどうしたらいいんでしょうか」

大家はお題目でも唱える調子で、一方の手のひらをもう一方の手の指で、とんとんと叩きつづけた。

九

さらに、竜之助と文治は本郷二丁目の料亭〈よしの家〉に行った。お佐紀はいまから書きはじめないと、明日には間に合わないというので帰って行った。

文治が板場の長を呼んで、今朝のできごとを告げると、

「弥之助が殺されたですって？」

と、青ざめた。

「ここんとこ、何度か、朝来るのが遅かったりしましてね。今日はまだ来やしねえ。もうクビにしようと思ってたところです。そうですか。殺されてたんじゃ、来られるわけがねえ」

そう言って、手を合わせ、念仏を唱えた。

このやりとりが、板場のほかの板前にも聞こえたらしく、皆、板長を習った。

「弥之助は安房の出だってな？」

と、文治が訊いた。

「ええ。親戚を頼って来たとか言ってましたが、その親戚ってえのがどこにいるかはわかりませんね」

「弥之助はどういう男だったんでえ？」

「若いくせに、真面目な男でしたよ。ひらめきなどはねえが、こつこつやる男です。本当だったら、板前なんてえのは、もうちっと遊んだほうがいいくれえなんですがね。ただ、ここんとこ、ちっと上の空になったりしてたんで、厳しく叱っ

たりもしたんですが」

「上の空?　わけはあったのかな。女にふられたとか?」

「さあ、あっしはそこらのことは……」

板長はそう言って、ほかの板前を見回した。

ほとんどが首を横に振ったが、一人だけ、弥之助と同じ歳くらいの若い板前が、

「四、五百両ってとこかと言ってましたが」

「え、なんだって?」

「なにを言ったんだかわからねえんですが、ネギを刻んでいる途中、ぽつりとそう言ったんです。なんのことだって訊いたら、にやにや笑うだけで、答えませんでした」

「四、五百両だって?」

それくらいあると、江戸ではこの〈よしの家〉ほどの店をいきなり始めることができる。

それまで黙って聞いていた竜之助が、

「蒸し物万吉ってえのは知ってるかい?」

と、板長に訊いた。

「ああ。去年、捕まった天才板前という悪党でしょ」

「ここで働いていたりしたことは？」

「蒸し物万吉がですか？　旦那。とんでもねえこと、おっしゃらねえでください。冗談じゃありません。うちは、あんな野郎とはなんの関係もありゃしませんよ」

板長は中風《ちゅうぶう》でも起こしたらどうしようと心配になるくらい、真っ赤な顔で言った。

「弥之助はどうだろう？」

「さあ。でも、野郎が万吉の知り合いだったりしたら、とっくにやめさせてます」

板長は生真面目そうに、手ぬぐいをぎゅっと絞ったような顔で言った。

十

それから一刻（二時間）ほどして——。

本郷竹町の新助長屋では、ぼちぼち仕事からもどりはじめた女たちが集まって、ひそひそ話をしていた。

「やあね、福川さまったら」

と、亀千代ががっかりした調子で言った。

「きっと調べのためにしゃがみこんでるだけよ」

おきんがかばった。

「四半刻（三十分）も厠に座ってなにを調べるのさ。あんな狭いところ、首を一回りさせれば全部、見えちまうだろ」

おそでがそう言うと、亀千代もおきんもうなずいた。

さきほどから、竜之助も厠にこもりはじめたのである。

「福川さまって、品がよさそうに見えて、じつは気味の悪い趣味があったりして」

「やぁだぁ」

「がっかりねえ」

ときどき厠から出ると、腕組みしてぶつぶつつぶやいたりもする。

「なんか、ようすまでおかしくない？」

「おかしいよ」

「あの左の厠って、おかしな妖気がこもっていて、あそこに入ると、みんなちょっと変になるんじゃないの？」

「やあね。あたし、左に入るのやめよう」

「ねえ、大家に頼んでお祓《はらい》してもらおうよ」

竜之助がようやく女たちに気づいて、

「やあ、亀千代さん、おきんさん、おそでさん……」

と、屈託ない笑顔を見せた。

「やあね、あの上っ調子」

「ほんと」

ろくな返事もせず、女たちはめいめいの家に入ってしまう。

お茶も出してもらえない。

途中、文治が来た。

「どうです。福川の旦那？」

「うむ。だいたい、見当がついたぜ」

「さすがですねえ」

「ついてはちっと調べてきてもらいてえのさ」

竜之助は、文治に〈よしの家〉までひとっ走りしてくれと頼んだ。

それからまた厠に入り、しゃがみこんだ。

竜之助の前にあるのは、白壁とはとても言えないが、それでもちゃんと平らに塗られた土壁だけである。窓はなく、三方は壁で占められている。出入口は下半分が板戸になっている。

ほかにはなにもない。花一輪ない。

ただし、壁には落書きがある。

なにをどう見ても、これしかない。

くだらないことばかり書いてある。どこの長屋の厠にもあるような、他愛のないつぶやきのようなものである。人の悪口。下半身の妄想。処世術と言ったほうがよさそうな、人生の格言。まつ毛のある目玉焼きに、一本棒を足したような稚拙な絵……。

だが、この中におそらく、宝のありかが記されているのだ。

ここに住んでいた蒸し物万吉が、そっと書き残した宝のありか。

たいがいはろくでもない落書きなので誰も気にしない。そこが盲点だったのだ。

不思議なのは、なにかの暗号だったとしても、弥之助だって一度見ていけば済むはずではないか。それをなぜ、あんなに詰めていなければならなかったのか？

なぜ、何度も来なければならなかったのか……？

「福川さま。行ってきました」

文治がもどってきた。さすがにすぐのところである。

「どうだった？」

竜之助は厠の外に出て、訊いた。手には、何かを記したらしい紙を持っている。

「ご明察の通りでした。野郎は無筆です。字はほとんど読めなかったそうで、品書きを読めずに笑われたこともあったとか」

「やっぱりそうかい」

と、竜之助は笑った。

これで下手人にたどりつけそうである。

「ほんとにお宝のありかが書いてあるんですか？」

「それしかねえだろ」

「では、万吉の野郎、ここらに四、五百両を隠したんですね」

と、文治は言った。四、五百両とは、殺された弥之助が言っていたという額である。

「いや、それはねえな」

竜之助は笑って否定した。

「え？」

「だって、盗まれた二千両ってのは、もう一軒の家から全額出てきたんだろ？」

「ええ、まあ」

「だったら、四、五百両はあるわけがねえ」

「ううむ、まいったなあ。あっしには何が何やらわからなくなってきましたぜ。だいたい、字も読めねえ弥之助が、いったい何をじろじろ眺めていたんでしょう？」

文治は手のひらでぴしぴしと月代《さかやき》のあたりを叩いた。

そんな文治を笑顔で見て、

「よう、文治。字の読めねえ弥之助が、ここに書いてある宝のありかを知ろうとしたら、どうすると思う？」

「え、どうするって……そりゃあ、字の読めるやつに読んでもらうしかねえでしょう？」

「そうだよな。だが、ここに誰かを連れてきて、読んでもらったりするか？」

「そりゃあ、ないでしょうね。そいつはてめえだけわかって、弥之助には教えず、宝を横取りしちまうかもしれねえ」

「そうだろ。だから、弥之助はここにこもって、まずは厠の壁を丸写しにしたのさ」

「ああ、なるほど！」

文治はようやく納得した。

丸写しすれば時間もかかる。そのために、いつまでもここにしゃがみこんでいたのだった。

「だが、おそらく弥之助はそれを一人に全部は見せていねえ。やっぱり教えられないことが考えられるからな。何人かにわけて、読み解いてもらった。だが、勘のいい野郎が気がついたりしたんだろうな」

「そいつが弥之助の首をぎゅっと……」

竜之助は染みついた臭いをはたき落とすように、着物をぱんぱん叩きながら、

「弥之助の毎日の足取りを探ってくれねえかい？　下手人もそこらで浮かび上が

るはずだぜ」

　と、言った。

十一

「あの野郎です」

　と、文治はそっと顎をしゃくった。

　岩井町の弥之助がいた長屋に住む赤斎《せきさい》という占い師だった。

「あいつしかいません」

　文治は自信たっぷりに言った。

　弥之助は、〈よしの家〉では誰にも落書きを読んでもらっていなかった。

　帰り道にある飲み屋で働いている亮太《りようた》という昔の友だちと、この赤斎に頼んで、半分ずつ読んでもらっていた。

　亮太は飲み屋で働いているわりにはおとなしそうな若者で、しかも弥之助が殺された夜は、フグに中《あた》ったらしく、飲み屋の二階で動けなくなっていた。

「よう」

　文治が赤斎の前に立った。十手を斜めに構えている。

「ちっとそこの番屋まで来てもらいてえんだ」

すると、赤斎は持っていた手桶をいきなり文治に投げつけた。

文治がひるんだとき、赤斎は一歩前に出て、文治の手を手刀で強く打った。

カキン。

と、十手が下に落ちた。

文治の不手際ではない。この赤斎、相当に腕が立つ。身のこなしを見ても、おそらく以前は武士で、きちんとした剣の修行も積んだにちがいない。

赤斎はこれをすばやく拾い、路地を突っ切って逃げようとした。

その前に、竜之助が立ちはだかった。

「あいにくだが、逃がさねえぜ」

「おのれ」

十手を構え、打ちかかってきた。

鉄の棒である。まともに当たれば頭蓋は陥没し、死にも至る。

だが、竜之助はこれをほんのすこし首を動かしただけでやり過ごし、拳を赤斎の腹に叩きこんだ。

「うっ」

崩れずにもう一度、打ちかかってくる。よほど腹の筋肉を鍛えているらしい。

横殴りの十手をかがんでかわし、右、左と交互に拳を胸に送りこんだ。剣術の技ではない。武器を使わずに済ませるため、竜之助が考案した格闘術と言ってもいい。

これで息が詰まり、膝が崩れた。

「文治」

「へい」

すかさず文治が赤斎の後ろから縄をからめた。

「なにが書いてあったかわからねえだと」

と、竜之助は呆《あき》れた声を上げた。

ここは、茅場町《かやばちょう》にある大番屋である。自信がある取調べについては、自身番ではなく、いきなりこっちに持ってくる。容疑を固めて、奉行所に連れて行くのだ。

竜之助が下手人をあげたというので、町廻りの途中だった矢崎三五郎も駆けつけて来ていた。

「むろん、字は読めた。だが、あれのなにが大事なのかはわからなかった」

と、赤斎が不貞腐《ふてくさ》れて言った。

「それで、弥之助のあとをつけたりもしたんだろ」

「うむ。本郷竹町の長屋にある厠にこもるのは見た。だが、あとをつけたのを気づかれ、野郎が食ってかかったので、やむなく殺した」

「殺したら、謎も解けなくなるとは思わなかったのか」

「なあに、そんなものはじっくり考えればわかるはずだと思った」

「だが、わからねえんだろ」

「誰がわかるか、あんなもの」

赤斎はそっぽを向いた。

「宝の正体も知らねえで、人を殺しやがって」

と、竜之助は吐き捨てるように言った。

「ほう。同心どのはわかったような口ぶりではないか」

赤斎はからかうような口調で言った。

「当たり前だぜ」

竜之助は、弥之助が写した厠の落書きを並べた。

半紙がおよそ五十枚。二つある厠の三方の壁を埋めた落書きが、さらに稚拙な書体で模写されていた。

「わけがわからねえ。くだらねえ落書きばかりだ」

と、矢崎が面白くなさそうに言った。

「ほんとですよね。蒸し物万吉もなんでこんなにわからなくしたんですかね」

と、文治もうなずいた。

「いや、本当ならもっとかんたんにわかるんですよ。万吉はおそらく、何について書いたかを弥之助に伝えてあるんです。あとは、それに関わりがありそうな文言を拾っていけば、いいんだもの」

「そうか。弥之助は、それは聞いたくせに、なにせ字が読めねえから、探しようがなかったと」

矢崎がそう言うと、後ろ手に縛られたままの赤斎も、ちっと舌打ちをした。

これも竜之助が想像したとおりだったが――。

弥之助は、蒸し物万吉の甥っ子だったのである。

板前になりたくて江戸に出てきた甥っ子の面倒を、万吉もちゃんと見てやるつもりではいたのである。だが、長屋の周囲が町方によって固められ、いよいよ捕縛されるかと覚悟したとき、万吉はすれちがいになる甥っ子に、暗号の文をしためた。まさか、甥っ子が筋金入りの学問嫌いで、文字もろくろく読めない若者になっているとは思いもよらずに。

万吉はおそらく厠の暗号のことを、小伝馬町の牢屋で、軽微な罪で入った男にでも託したのだろう。おれがいた長屋の厠の壁に、あのことを書いておいたぜと。

「ん？」

落書きを眺めていた矢崎が目を見張った。

「ははあ、福川、見えてきたぜ」

「さすがは矢崎さん」

「こいつと、こいつと、これだ」

矢崎は、三つの文言を指で差し示した。

小松川《こまつがわ》の女はいい女
深川で待つ、すぐ来いよ
忘れちゃいやいや、音羽《おとわ》の夜を

「江戸の地名があるのはこの三つだけだ」

「なるほど」

「いいか、福川。小松川と、深川と、音羽。この三つを線で結ぶのさ。それででできた三角の真ん中に、万吉のお宝が隠されているってわけさ」

矢崎がそう言うと、文治も赤斎も、小さな歓声を上げた。

だが、竜之助は申し訳ないような顔をして、

「矢崎さん。そいつは着想は素晴らしいと思います。だが、小松川も深川も音羽も、地名として広すぎます。三角をつくっても、ずれが大きすぎて、宝の隠し場所を示すのは難しいのではないでしょうか」

「そうかね」

矢崎はいささかムッとしたらしい。

「じつは、おいらはこれに注目しました」

と、竜之助が示したのは、
鈴木の野郎

という文言だった。

「鈴木の野郎？」

「ええ。これは人の名前みたいに思ってしまいがちですが、おいらは魚のスズキのことじゃねえかって思ったんです。なにせ、万吉も弥之助も板前ですから」

「なるほど」

「それで、おいらが選び出したのは、これとこれと……」

鈴木の野郎
下ネギ
酒だしかけて
むすことしばし
ごま油と黒酢しょうゆ

五つの文言だった。

「鈴木がスズキだとすると、おや、これは？」

と、矢崎が気づいた。

「そう。蒸し物、つまり料理のつくり方なんですよ」

竜之助がうなずくと、

「糞ぉ、なんてことだ」

赤斎が自分の占いで他人が富くじでも当てたように、悔しそうな顔で唸《うな》った。

十二

「スズキってのは、大きくなるごとにセイゴ、フッコ、スズキと名前が変わる出世魚でしてね」

と、包丁を入れながら、文治が言った。

その前には、竜之助、お佐紀、大滝治三郎、そして与力の高田九右衛門が並んでいる。蒸し物万吉が、暗号にまでして残した料理を、寿司屋の文治が再現してくれるというわけである。

本当なら、矢崎三五郎も来るはずだったが、高田九右衛門が話を聞きつけて来ることになると、急に出席を遠慮してしまったのである。

「本当は夏が旬ですが、いまどきのスズキもおいしいです。江戸前のいいスズキですぜ」

と、下ろした切り身をかかげて見せた。

いかにもぷりぷりしていそうで、そのまま寿司ネタで握ってもらいたい。

この切り身を、ネギを敷き詰めた蒸籠《せいろう》の上に置き、上から酒とだしを振った。

もちろん蒸籠だから、網目を通して下にこぼれてしまうが、それでも微妙な味は残るのだろう。

「これを蒸します」

と、文治は蒸籠を湯気の中に入れた。

まもなく柔らかい匂いがしてくる。

「ああ、いいな」

大滝が嬉しそうに言った。

「うむ」

と、高田は無表情にうなずいた。今日は口が閉じられることが多い。

「蒸すことしばしですからね。あっしはこれくらいで上げますぜ」

と、文治は言った。文治も料理人としての矜持《きょうじ》は持っている。だから、つくりはじめるとムキになる。

蒸籠にこもった湯気がふわーっと流れる。

「ああ、たまらない」

お佐紀が悲鳴に近い声を上げた。

竜之助は早く食べたくて、ついつい酒が進んでしまう。

ようやくそれぞれの前に蒸籠が並んだ。

箸が出るのを文治が止めた。

「ちょっと待った。こいつにつけて食うんですぜ。最後の文言はタレです。ごま油と、黒酢としょうゆ。さあ、こいつにひたして食ってみてください」

と、文治はタレが入った小鉢を並べた。

「どうぞ」

ふうふう言いながら、みんな、いっせいに食らいついた。

「うまっ」

「こりゃあ、いい」

「このタレがまたぴったりね」

淡白なスズキの身に、酸味のあるタレがよく合うのだ。

「なるほど。これだけの味を出せるのだったら、料亭をつくっても大繁盛だろう」

　と、大滝が言った。

「四、五百両を稼ぎ出すのも、そう難しくないかも」

　お佐紀もうなずいた。

「だが、これほどうまい料理の秘密の手順を、厠の壁に書くかね」

　と、大滝が首をかしげた。

「そこが、蒸し物万吉の壊れていたところなんでしょう。天才と言われた板前のくせに、極悪非道の押し込みを働いてしまう。どこか、こころの平安を失ってしまった男だったんでしょう。哀れな気もします」

　竜之助はそう言って、この料理のうまさがつらくなったように箸を休めた。

　このやり取りを聞いた高田が、あわてたように例の閻魔帳を出し、朱筆でなにかこそこそと書き込んだ。

　それをお佐紀がしらばくれてのぞきこみ、竜之助にそっと教えてくれたのだった。

「福川さまのところに、人間を見る目にやさしさあり、ですって……」

十三

〈すし文〉の店からの帰り、徳川竜之助はちらっと神田三河町に寄ることにした。巾着長屋をのぞいてみたくなったのである。

お佐紀から聞いた話だと、雲海和尚がずいぶんお寅と新太のことを心配しているという。

「どう心配してるんだい？」

「母というのは、菩薩や観音さまのようでなければならないんですって」

「菩薩や観音さまねえ」

要するにどこまでもやさしさに満ちた存在ということか。子をありのままに温かく見つめ、しかも守ってくれる。

「ところが、お寅さんはずいぶんちがうみたいなの」

「ああ、それは……」

お寅はすぐにカリカリっとなってしまうらしい。

「もともと性格的にも子育てが合いそうもないのに、いまや混乱し、悩んだすえに苛立《いらだ》ちが濃くなっているんだとか」

「へえ」

「新太を取り上げてしまったほうがいいかもしれぬと」

「ふうん」

そんなやりとりがあったので気になったのである。

巾着長屋の前に来ると——。

いきなりお寅の怒鳴り声が聞こえてきた。巾着長屋の薄っぺらい壁が、びりびりと震えているようだった。

「あんな糞ガキなんかぶちのめして来い。負けたら母ちゃんが仇を取ってやる」

新太は戸口でうつむいて立っている。

どうやらまた、誰かに苛《いじ》められたかしたらしい。泣いて帰ってきた新太を、カッとなったお寅が怒鳴りつけているのだ。

「行かないのか。よし、新太が行かないなら、母ちゃんが行って来る」

と、凄い勢いで戸口のところまで出てきた。

「やめて、お寅さん」

新太が必死で止めようとする。

「お寅じゃない。あんたの母ちゃんだ」

「わかったよ、行くから。行って来るから」

新太はうつむいたまま、長屋の路地を引き返した。

竜之助は身を隠し、そんな新太のようすを見た。

——かわいそうに。

おそらく新太は苛めた相手に殴りかかるなんてことはできないだろう。そういうことが苦手な子は、やれと言われてもできるわけがないのだ。結局、新太は半刻（一時間）近く立ちつくし、家に帰って、切ない嘘をつくしかないのだろう。

仕返ししはしてきたよと。そんな嘘、つきたいわけがないのに。

——自分もそうだったのではないか？

竜之助はふと、そんなことを思った。新太のような暮らしなど、竜之助はしてきたはずがないのである。広大な田安の家で、内部はともかく、外部からはしっかりと守られて過ごしたのである。

それなのになぜ、新太のことがわがことのように思えるのか。

竜之助は不思議でならなかった。

同じころ——。

柳生全九郎は、旅籠町の宿屋の二階で、窓をかすかに開け、月を眺めていた。

窓をいっぱいに開けるのは嫌だった。家の中にさえいれば、恐怖はそれほどでもないが、視界全体に月の明かりが広がるのは避けたかった。

月。

それは子どものときから、全九郎にとって奇妙な存在だった。

満月のときはまぶしいくらいの明かるさだが、それでもどこか冷ややかな明かりだった。炎のあたたかさはまるで感じられなかった。

細くなれば、かすかで頼りなさげなものになった。むしろ、満月よりは、細い月のほうが好きかもしれなかった。

冷たくて、静かなもの。見つめすぎれば怖くなってくるもの。

すこし死の匂いがした。

だが、死が月のようなものだとしたら、全九郎は嫌ではなかった。

母。

月と母は似ているのかもしれない。

全九郎は、味わったことがないものを、喩《たと》えようとしていた。

第三章　真夜中の耳

一

定町廻り同心の矢崎三五郎は、怖ろしい速さで江戸の町を歩いていた。

いや、ほとんど走っていた。

手はほとんど振らない。左手は腰の刀の鞘を摑《つか》むようにして揺れを押さえ、右手はこぶしをぐっと握って、腰に当てている。

この姿勢のまま、肩で風を切るように前進する。

大店《おおだな》の塀の上などから、きれいに咲き誇った紅梅白梅がのぞいていたり、甘い香りがただよってきたりしているのだが、そんなものは見る暇も嗅《か》ぐ暇もない。

荒い息をつきながら、ひたすら前方を見つめ、足を動かす。

本来、町廻り同心は奉行所の小者や岡っ引きや下っ引きなど三、四人を引きつれ、町々を経巡《へめぐ》るものである。

それはもう、ゆったりとして、威勢と貫禄にあふれたものなのである。

だが、矢崎の町廻りは、やたらとせわしない。それどころか、最初はついていた小者や岡っ引きもたちまち一人減り、二人減り、歩きはじめて四半刻（三十分）も経たないうちに、矢崎は一人になっていた。

道順を書いた絵図を手にしている。そのとおりに道をたどっている。

福川竜之助に頼んでおいた仕事だった。

完璧な仕事になって上がってきた。

同じ道を通ることなく、すべての番屋を回り終えることができる。

福川に頼んだときは、そんなことはできるわけがないだろうと思っていた。近ごろ、妙な事件をつづけざまに解決して、お奉行などからも一目置かれている若造を、ちょっと困らせてやるかという気持ちもあった。

だが、こんなふうに完璧な仕事を持ってこられては、こちらもちゃんとこなさなければならない。

そうでないと、下からも舐《な》められてしまう。部下に厳しくすれば、部下もまたこっちを厳しい目で見るのは、自分もさんざん経験してきたことである。

一日目の道順はどうにかこなせた。

二日目の道順がどうにも回りきれない。暗くなってしまう。それでは駄目なのだ。

だいたい、この道順には、本来の担当以外の町が含まれている。小日向とか神楽坂《かぐらざか》のあたりは、麴町《こうじまち》や四谷《よつや》、青山《あおやま》方面を担当する者が回るところなのだ。

それを、調子に乗った自分が、無理やり担当に組み入れてしまった。

ところが、福川に訊《き》いたら、これで回ることができたというのである。

「嘘だろう?」

と、疑った。

「嘘なんか言いませんよ。かなりきつかったですが、暮れ六つ（午後六時）の鐘の前にはどうにか回り切りました」

福川はそう言ったのだ。

それでは、福川のほうが足が速いことになってしまうではないか。

そんなことは断じてあってはならない。南町奉行所史上最速の同心。その称号が消え失《う》せてしまう。

ここ三日、同じ道順を回っている。道を大回りしないよう気をつけ、角ぎりぎりに曲がって一歩でも二歩でもちぢめる。

角の足元に犬や猫が寝そべっていたりして、あやうく踏みつぶしそうになったのも一度や二度ではない。

本来なら番屋に、

「なにかあったか？」

と声をかけ、

「なにも変わりはありません」

その返事をもらって通り過ぎるのである。

だが、そんなことをしていたら、時間がなくなるだけである。いちおう声はかけるが、返事などは聞かずに通り過ぎる。どうせ何かあれば、番太郎が奉行所に駆けつけているはずである。

その努力の甲斐《かい》もあって、今日はなんとか行けそうなのである。

神楽坂を転がるように下りた。

お濠端に出て、牛込御門の手前を左折。あとは神田川沿いにいっきに御茶ノ水の坂を駆け上がれば、目的地の神田明神に到着である。

日没まであと四半刻は残している。

余裕の到着。さすが史上最速の同心。飛脚もたまげ、馬もあきれる。

矢崎はにんまりした。

ところが——。

向こうの道を見たとき嫌な予感がした。

江戸川がお濠に流れこむ手前に、ほんの一町ほど、牛込揚場町《あげばちょう》という小さな町人地がある。

この小さな町にも番屋があり、その番屋では町役人と番太郎がさも町廻り同心の到着を待つようなそぶりでこっちを見ていたのである。

——まずい。

と、矢崎は思った。

「ない、ない、ない。なにもない」

呪文のように言った。

あと少しなのである。そこを通り過ぎさえすれば、あとはもう町人地はなく、全力で駆けることができるのである。

「あっ、矢崎さま」

見覚えのある町役人が腰をかがめながら近寄ってきた。

「ううう、ない、ない、なにもない」

「それが、ありましたんです」

「今日は耳の調子が悪くてな。なにも聞こえぬぞ、すまんな」

いっきに通り過ぎようとした。

「矢崎さま。それが押し込みが……」

「押し込み……」

矢崎の足が止まった。

押し込みがあったと言われて通り過ぎる同心は、三百両の儲け仕事を、最近肩凝りがひどいのでと断わる商人がいないように、いない。

二

矢崎三五郎は、暮れ六つ過ぎになって、南町奉行所にむっつりした顔で帰ってきた。

「どうした、矢崎？　めずらしく遅かったではないか」

先に帰っていた大滝治三郎が訊いた。矢崎はいつもならほかの同心より半刻

（一時間）は早くもどって、悠然と茶をすすっている。

「押し込みだ」

と言って、矢崎はまず、自分の湯呑みに鉄瓶から湯をそそいだ。

「押し込み！」

のんびりしていた同心部屋に緊張が走った。

「だが、そうおおげさな押し込みではない」

本当なら、押し込みなどという言葉は使って欲しくなかった。妙な事件がありましたので、あとで奉行所に相談に行きます、とでも言ってくれたら、いまごろはあの道順を踏破し、悠々ともどってきたことだろう。

「妙な事件だ」

「妙な……」

同心たちの目がいっせいに福川竜之助に向いた。

「……」

大滝の報告書の代筆をしていた竜之助は、聞いていないふりをした。忙しいのを厭《いと》う気持ちは毛頭ないが、妙な事件というとすぐに自分を思い浮かべられてしまうのはどんなものか。

「まあ、ざっと説明するとだな、牛込揚場町の、美人姉妹が二人で暮らす家に押し込み強盗が入ったのさ」

と、矢崎は美人姉妹という言葉をとくに強く言った。

「おう」

聴き手のほうも興奮する。

竜之助の筆も止まった。

「ただし、強盗といっても、なにか盗まれたわけではないのさ。単に、気を失わされただけなんだそうだ」

「気を失わされた？　それでなにもないというのはありえないでしょう」

と、若い隠密同心が言った。

たしかに、手込めにされたというひどい事件になっていても不思議はない。

「当人たちがないというんだから、仕方がねえわさ。でも、薄気味悪くてたまらないので、いちおう番屋には届けたってことだ」

「捕まえてもらいたくねえのかい」

と、大滝が訊いた。

「それはもちろん捕まえて欲しいが、こっちの生活まであらいざらい探られたりするんだったら、捕まえなくてもかまわねえとさ」

「なるほど。若い娘たちなら、まあ、わかる気もするわな」

大滝はうなずいた。

「二十五と二十四だから若くもねえんだがな。それで二人とも嫁には行ってないってんだから」

「ほう」

と、あちこちから驚きの声が上がった。

江戸の娘はたいがい十七、八で嫁に行く。美人姉妹がその歳まで独り身でいるとすれば、男にとっては興味のそそられるところである。

「美人姉妹の衣をかぶった妖怪なんじゃねえのか」

と、年寄同心がにやにやしながら言った。

「それで、手がかりのようなものは？」

と、竜之助がうっかり訊いてしまった。

「お、福川、さっそくやる気になったかい？」

矢崎がにやりとした。

「いいえ、そういうわけでは」

竜之助はしまったというように顔をしかめた。だが、元来、巷《ちまた》の謎や事件を解決するのは憧れだったのだから、興味がわかないはずがない。困るのは、珍事件や怪事件が専門と決めつけられてしまうことである。

「いったんは気を失った姉妹だったが、夜中に一度、目を覚ましたのさ。そのとき、強盗たちがひそひそ話をするのを聞いたんだと」

「なんと？」

「若旦那も、おかしなことを……〈なぎさ屋〉がこれやるかい……と。なんでも、その若旦那というのをちっと馬鹿にしたような、うわさ話をするような調子だったそうだ」

「若旦那も、おかしなことを……〈なぎさ屋〉がこれやるかい……？」

竜之助はその台詞《せりふ》を口で繰り返し、

「その姉妹は、若旦那とか、〈なぎさ屋〉という名前に心当たりはあるんでしょうか？」

と、矢崎に訊いた。

「まったくねえそうだ」

「その、〈なぎさ屋〉てえのは、通新石町《とおりしんこくちょう》のろうそく問屋かな？」

と、大滝が言った。町廻り同心は、さすがに江戸の町々をよく知っている。

「さあ、それはわからないね」

だが、〈なぎさ屋〉などという屋号はそう多くはないはずである。

「たしかに、変な事件だ」

「これはまたしても」

「誰かさんの出番かな……」

と、同心たちはうなずきあった。

「望むところですよ」

竜之助は勢いよく立ち上がっている。珍事件だろうが怪事件だろうが、不思議な謎はやっぱり解いてみたい。

三

いったん神田旅籠町に寄って、岡っ引きの文治に声をかけ、二人で牛込揚場町にやって来た。

今晩のうちにざっとようすを見ておいたほうがいい。

危険が感じられれば、うっちゃっておくわけにはいかない。

牛込揚場町に組み込まれているとは言っても、旗本が敷地の一部に家を建てさせて貸家にしたらしく、どんどん橋のすぐ近くである。ぽつんと一軒家が建っているような趣だった。

すでに矢崎が、夜になってから福川という同心が詳しい話を訊きに来るからと言い残しておいたらしい。

声をかけると、

「あ、お待ちしておりました」

と、二人を家に上げてくれた。

「姉の夏でございます」

「妹の冬でございます」

美人姉妹という矢崎の言葉は嘘ではない。妹のほうがいくらか丸顔だが、町で見かければ、どちらも男はかならず振り向くくらいの美人である。

一階は台所と六畳間になっている。女二人の住まいにしては、飾りなどは少ないが、それでもよく片づいていて、男所帯ではありえないきれいさである。

二人が寝るのは二階だそうだが、さすがにそこをのぞかせてもらうのは遠慮がある。

「押し込みに入ったのは二人なのかい？」

と、文治が訊いた。

「おそらく」

姉がうなずいた。

「どっから入ったのか、わかったかい？」

「わかりません。気づいたときはもう、そばにいました。心張り棒はしていたのですが、戸口ごと外されたかもしれません」

町人の家など、いくら一軒家とはいえ、ちゃちな造りである。戸を外すくらいのことは、男が二人いればできないことではない。

「お二人は、手習いの師匠なのかい？」

と、文治がさらに訊いた。家の戸口に、「学問　作法指南」と書いてあった。

「手習いというか、大店の娘さんたち相手に、学問や礼儀作法などを教えておりますの」

妹が答えた。

「わたしたち、元は旗本の娘です」

姉が胸を張った。

いかにも堅そうな姉妹である。これだけの器量で婚期が遅れた理由も、なんとなく想像できる。

学問や作法の師匠としても恐ろしく堅すぎて、親の信頼は絶大だが、娘たちはうんざりしているという類ではないか。

「気を失わされたと聞きましたが、なにをされたのですかい？」

と、これは竜之助が訊いた。

「当身《あてみ》です」

と、姉が答えた。

「当身？」

「はい。当身です」

妹がやけにきっぱりと言った。

「例の男たちのひそひそ話というのは、この部屋で訊いたのですか？」

竜之助はさらに訊いた。

「そうです」

「ふうむ」

首をかしげた。

「なぎさ屋というのは知ってますかい？」

「さあ、知りません」

「本当に知らないんですね？」

「同心どの」

と、姉のお夏が咎《とが》めるような声で言った。黒目が銃口のように見えるほど、視線が強い。

「はい」

「なにか、わたくしどもの話を、お疑いでしょうか？」

「いや、そういうこともないんですがね」

と、竜之助は言葉を濁した。

じつは疑っている。

「ま、今日は遅いし、ざっと眺めに来ただけだし」

と、竜之助は立ち上がった。

「おや、うっちゃってお帰りになるのですか？」

「もう少し、お調べになったら？」

姉妹は不服そうである。

「いや、ちゃんと番屋に見張ってくれるよう、頼んでおきましたし、あっしらも下っ引きにここらを回らせますから」

文治が慌てて言い訳した。

四

姉妹の家から外に出るとすぐ、文治が、

「なにか、変なので？」

と、大声で訊いた。水の音がうるさくて、自分の声まで聞こえないのだ。

「二つほどな」

と、竜之助も大声で答えた。

「二つ？」

「ああ。一つはさ、当身で気を失わされたと言っただろ。だが、当身で気を失わせるなんていうのは、なまなかな腕でできることではねえんだよ」

むろん竜之助ならできる。痛みも感じさせず、眠るように気を失わせることだってできる。だが、よほどの修行をしなければ、できることではない。

「そうなんですか」

「それほど腕の立つ押し込みだったのかね。それがどうも解せないのさ」

「なるほど……。福川の旦那」

文治が妙な顔をしている。

「ん？」

「そいつは確かめればいいじゃないですか」

「確かめる？」

「ええ。当身だったら、かならずどこかに打ち身の痣《あざ》や痕《あと》ができてたりするでしょう？」

「それはもちろんだ」

竜之助にしても痕すら残さないというのは難しい。

「だから、湯屋に行って、あの姉妹が来るのを待ち、裸を見るんでさあ」

と、文治は橋を渡る人のほうをぼんやり眺めながら言った。

「湯屋で……」

「どうせ、ここらは混浴ですぜ」

「それはまずいだろ」

竜之助はちょっとぼんやりした顔になって言った。

「なにがまずいんですか?」

「だって、出て行ったばかりの同心と岡っ引きが、湯に入ってみたら中にいるんだぜ。それってまずくねえか?」

「同心だって岡っ引きだって、湯ぐれえ入りますでしょ。一仕事終え、湯を浴びてさっぱりして帰る。なんの不思議もありませんて」

文治は俄然、元気になってきた。

「そうかな」

「ま、こういうことは万事、あっしにまかせて。あれ。もしかして旦那は、女の裸なんてものは金輪際《こんりんざい》見たくねえって?」

「文治。そういうことはあえて訊かないのが、思いやりだ」

赤くなった顔に答えは書いてある。

二人で牛込揚場町の湯屋ののれんをくぐった。屋号はあるのかどうかもわからない。のれんに湯とあれば、屋号などはあってもなくてもいい。

「来るかね」

「来ますよ」

「もう入っちまったんじゃねえのか」

「絶対、来ます。あんだけ白粉《おしろい》を塗っていたんだから、湯屋で流さなきゃ顔が強《こわ》ばって眠れませんよ」

「なるほどな」

言われてみれば、化粧は相当に厚かった。

「しかも、この町内の湯屋はここだけです」

洗い場は男女がわかれている。ここは太めのろうそくが二本立てられていて、明かるい。

だが、富士山が彫られたざくろ口をくぐると、湯気がこもった中はかなり暗い。

小さな明かり窓はあるが、いまは夜でもちろん光はない。そこに小ぶりのろうそくが一本立ててある。その明かりだけが、湯気の中ににじんでいる。

それでも目が慣れてくると、やがて人肌の柔らかさまで感じられるようになる。

意外にこぎれいな湯屋で、仕舞い湯も近いのに、そう汚れた感じはしない。まめに湯を足しているのか。

「ああ、いいなあ」

湯に浸かった竜之助は、思わず手足を伸ばす。この湯の楽しさは、市井の暮らしの醍醐《だいご》味《み》の一つと言っていいだろう。

「旦那……」

「ん?」

「来ましたぜ」

周りに挨拶する声がして、お夏とお冬が向こうのざくろ口をくぐってきた。

竜之助はあわてて鼻の下まで沈みこむ。

文治は頭に手ぬぐいをのせ、鼻唄などうたってしらばくれている。

姉妹は身をくねらせるようにして、湯船に入ってくる。お夏の胸、わき腹、背中……。見ようとしなくても目に入ってくる。

向こうはまだ目が慣れておらず、こっちで男二人が凝視していることには気がつかないのだろう。けっこう大胆に近くまでやってきた。お冬の胸、わき腹、背中……。

当身の痕などない。

痣も痕もない、輝くほどきれいな柔肌だった。

ざばっ。

と、しぶきが上がった。

竜之助が飛び出したのだ。

文治があわてて付いてくる。

「旦那。もうすこし……」

「見ただろ。ない。痣も痕も」

と、早口で、すこし怒ったように言った。

「なんで、あんな嘘をついたんでしょう？」

「明日だ、明日。おいらは疲れた」

竜之助はすばやく着物を引っかけ、外に飛び出そうとした。

文治が手ぬぐいを差し出しながら声をかけた。

「旦那。鼻血が……」

五

そのころ——。

やよいは、海辺新田の家に柳生清四郎を訪ねていた。

棚には三つの白木《しらき》の小さな位牌が並んでいた。悲しいほど三人にふさわしい大きさである。戒名ではなく、名前が記されている。ちらりと見ただけで、胸は切ない思いでいっぱいになる。

寄り添うように並べてある。清四郎の思いやりだろう。

もう武芸者の道など目ざさず、三人で仲良く遊んでいてもらいたい。あの年ごろの少年らしく、じゃれ合ったり、笑い合ったりして。

「相談とはなんだ、やよい？」

と、清四郎が訊いた。

「若さまなのですが、わたしは、すこしでも全九郎のことを打ち合わせしておきたいのです。ところが、若さまは、話をしたくないとおっしゃって」

と、やよいは言った。

「話はしたくないと……」

「ええ。柳生の下忍たちが、若さまの周囲をうろうろしはじめています。明らかに全九郎との戦いは近づいてきています」

「それはまちがいあるまい」

「ですから、すこしでもわたしができることや、若さまがして欲しいことなどをお訊きしておきたいのですが、まったく相手にしてくれません」

「若は苛々《いらいら》しているのか？」

「いえ」

と、やよいは首を横に振った。

苛々しているどころか、昨夜は黄表紙《きびょうし》か何かを読みながら、げらげら声をあげて笑っていた。

「食欲が落ちたとかは？」

「まったく」

今朝も生卵と納豆をかけ、このところ好んで食している玄米をどんぶりで三杯食べていった。玄米にすると、足が軽くなるのだという。あれ以上軽くなったら、空でも飛びかねない。

「それならよいではないか」

「なにがよいのでしょう」

と、やよいはふくれた。

「そなたに、なにか手はあるのか？」

「手？」

「そうよ。柳生全九郎の秘剣がわかったとか、あるいは全九郎との対決を避ける方法とか」

「それはありませんが」

「ならば、話などしても無駄であろう。単に心を煩《わずら》わせるだけ。しないほうがましというものだろう」

「では、若さまはどうなさるおつもりなのでしょう？」

「おそらく何も考えていないのではないかな」

「考えていない？」

やよいは不満げな顔をした。それはやはりまずいのではないか。

「以前の若は、むしろ考えすぎるほうだった。だが、無駄な考えはしないほうがいいということを悟られたのさ」

「無駄な考え？」

「そう。柳生全九郎はなんとしても若と戦おうとしている。それを避ければ、この三人の子たちのような犠牲者を出すことも厭《いと》わない。ならば、若は戦うしかない。しかも、いつ、どんなときに現われるかもわからない。現われたときに、すばやく考え対処すべきで、いま考えてもどうしようもない」

「それはそうかもしれませんが」

「だから、若はいま、全九郎のことを何も考えていないだろうな」

と、清四郎は愛弟子の成長に目を細めるような顔で言った。

六

翌朝――。

福川竜之助は、いったん奉行所で朝礼をおこない、すぐに文治をつれて牛込揚場町へ向かった。

どんどん橋が近づくと、

「おお、今日も水の音は凄《すご》いな」

と、竜之助は笑った。

どっどん、どっどん……。

水音は絶え間がない。

どんどん橋というのは通称で、正しくは船河原橋《ふながわらばし》という。

船河原橋は、江戸川の出口のところに架かっていた。

神田上水は関口村《せきぐちむら》のあたりで二手にわかれた。一方は、さらにわかれ、地下をくぐり、水道橋を渡り、江戸の町に水道として供給されたり、水戸藩邸の庭を通ったりしたあと、外堀をかねる神田川に落ちたりする。もう一方は、江戸川と呼ばれ、小日向の低地を流れてからやはり神田川に落ちた。

令和のいまは、柴又《しばまた》のわきを流れる川に江戸川の名がついているのでまぎらわしいが、江戸の町を流れていたのはこっちの江戸川で、地下鉄の駅名である「江戸川橋」はその名残りである。

この江戸川は段差になっていて、滝の落ちるような音がいつも響いている。落差の大きいことに加え、お濠のほうがかなり深く、しかも石垣に囲まれていることもあって、

どっどん、どっどん……。

と、深みのある音がよく響くのである。その音が「どんどん橋」の名の由来になった。

「ほんとに凄いですね」

と、文治もあらためてこの音の大きさにあきれた。

「だからさ、おかしいだろ」

と、竜之助は言った。

「なにがです?」

「夜中にひそひそ話を聞いたなんて話はさ」

「あ、ほんとですね」

文治はようやくその不思議さに気づいたらしい。

「あの家の中だってかなりうるさかっただろ。いくら真夜中になったとしても、この水音が響いていたんじゃ、ひそひそ話は無理だぜ」

「じゃあ、嘘を言ったんですね」

「そこはわからねえ。とりあえず、姉妹には問いただしてみようぜ」

竜之助がそう言うと、

「それと、当身のこともですね」

文治は意気込んだ。

「いや、そっちはもうすこし待ってみようぜ。おいらにもなぜあんな嘘をついたのか、まるで見当がつかねえんだ」

そこまで打ち合わせて、竜之助と文治はふたたび姉妹の家を訪ねた。

一階には妹のお冬しかおらず、書見をしているところだった。講義のための準備でもしていたらしい。

竜之助と文治を見ると、お冬は微妙な顔をした。

――昨夜、湯屋で見られたか。

そう思うと竜之助は、顔が熱くなる。さらには、湯気と薄明かりの中の二人の裸身が浮かび上がりそうになるのを、こぶしを強く握って耐えた。

だが、文治のほうはうすらとぼけた顔で、

「どうでしたい、昨夜は？」

と、訊いた。

「いいえ、とくには何も」

「そいつはよかった」

「同心さまと親分が、このあたりを見張っていてくださったからでしょう」

「え？」

「湯屋まで丹念にね」

お冬はじっとりした目で二人を睨《にら》んだ。

「あ、あれはたまたまでしてね」

文治は悪びれないが、竜之助は冷や汗がにじみ出る思いである。

「ところで、今朝はなんですか？」

と、お冬は訊いた。

「ええ、この家はそこの水音がずいぶん大きく聞こえてますよね」

と、文治が言った。

「そうなんです。慣れてしまうと平気なんですが、越してきたばかりのころは、夜も眠れなくて困りました」

「これだけうるさいと、この前、押し込みに遭《あ》ったとき聞いたというひそひそ話も難しいんじゃないかと思いましてね」

「あら……」

「ためしにやってみますぜ。お冬さん、聞こえますかい？」

声をひそめて言った。聞こえるはずがない。

「まあ」

お冬はうなずいた。たしかにそうだと思ったらしい。

「お姉さんはお出かけですかい？」

と、竜之助が訊いた。

「いえ、今朝はなんだか頭が痛いと言って、まだ二階でやすんでいます」

「ちっと、この話をたしかめてもらえませんかね？」

竜之助が頼むと、お冬は姉の話を訊きに二階へ上がって行った。

しばらくしてお冬は、お夏を伴って下りてきた。姉のお夏はいくらか足元がよろよろしている。

「聞きました。たしかに不思議ですね」

と、お夏は竜之助の疑問がもっともであることを認め、

「でも、あたしたちが聞いたのはまちがいないんです」

自信たっぷりに言ったのである。

姉妹の家を出て、竜之助と文治は江戸川の流れをさかのぼってみることにした。

もしかしたら、途中で堰《せ》き止められるところがあり、あの夜は水の流れが止まっていたということもありうるのではないか。

上流の神田上水がわかれるところには、水を管理する水番屋があり、水番人もいる。この水番人はどんどん橋のあたりも見回りに来た。

というのも、この江戸川には将軍が食する紫鯉という鯉が放流され、釣りを禁じていたからである。

「あの水番屋には変わった番人がいましてね」

と、文治は歩きながら言った。

「あ、もしかして派手な組紐で髷《まげ》を結っている、六十くらいのおやじかい？」

「そうです、そうです」

「ああ、あれは変わってそうだ」

あの前を通ったときに見かけて、気になっていた。ひとことで言うと、「不《ふ》逞《てい》」である。生意気の極致。人を見下した感じがつきまとう。

「あれって、岸から毎日、川の流れを見下ろしていると、だんだんああいう目つきや雰囲気になるのかもしれない。おいらも気をつけなくっちゃいけねえな」

竜之助も川の流れを眺めるのが大好きで、町廻りの途中で、しばしば川の流れをぼんやり見つめたりする。

「それは関係ねえと思いますよ。あのおやじはね、もともと老舗《しにせ》の大店の息子だったんです。それが小さく売るのは、買う人間も小さくするとかいろいろ訳のわからぬ屁理屈をぬかし、あげくは間口二十間ほどもあった大店をつぶしちまったんです。一時期、江戸では評判になったできごとですよ」

「へえ」

ずいぶんと偏屈な人物らしい。

その水番屋の前に来た。三軒長屋ほどの大きさだが、長屋よりはどっしりとつくられている。

岸辺の上に立ち、流れを見下ろしているのは、例の不逞な爺さんである。

「おやっさん」

と、文治が声をかけた。

「おう、旅籠町の岡っ引きじゃねえか」

「ああ、元気だったかい？」

「水番なんざやってて元気なわけがねえ。あんたもやってみな。三日で元気なんざなくなっちまう。頭の中でずうっと水の音がしてるんだから。元気も流れりゃ、希望も根性もみんな流れるさ」

「そんなもんかね」

「ああ。ところが、吉原の思い出だけは流れねえ。頭ん中にべったりと張り付いていてくれる。この世で大事なのは、吉原だけってことだ」

たしかに筋金入りの偏屈な心根のようである。

「おやっさんよ。この川の流れを止めることってのはできるのかい？」

と、竜之助が訊いた。

「流れを止める？　同心さま。やってみてくださいよ」

と、うすら笑いを浮かべながら言った。

「なあに、無理とわかればわざわざやる必要もねえのさ」

「川の流れを止めるより、世の中の流れを止めるほうがまだ簡単です。徳川《とくせん》のお家も……」

と、水番人のおやじはまるで旗本のような口を利いた。彼らは、徳川を漢語ふうに読んで、とくせんのお家などと呼ぶ。

「もっとびしっとやって、志士なんぞは次から次に叩き斬りゃあいいんだ。将軍さまも京都に出発なさったんだろ？」

「うむ。出発なさった」

と、竜之助はうなずいた。

町奉行所は将軍の行列の見送りに際し、江戸市中の警戒を命じられ、竜之助も同心姿で街道筋の警護に当たった。ただ、行列の中に顔見知りの一橋《ひとつばし》家の者がいて、驚いたように凝視されたのには閉口したものだった。

「京都でざっと千人も斬ってくれれば、あんなものはおとなしくなるのさ」

と、水番人のおやじは怪気炎を上げた。

町人の変人というのはとめどがなくなるところがあって、この男もそういう一人なのかもしれない。

「そんなことより、一昨日の夜も水の音は轟《とどろ》きつづけていたのはまちがいねえんだな」

「まちがいねえよ」

ぷんとそっぽを向いた。

引き返す途中、竜之助はちらりと後ろを見て言った。

「ま、ああいう男は誰かに買収されるってこともないだろうしな」

「そりゃあ無駄ってもんでしょ」

と、文治も苦笑いした。

七

〈なぎさ屋〉という店の名はそう多くはないはずである。

そこで竜之助は各定町廻り同心に頼み、番屋に書状をまわしてもらった。当町に〈なぎさ屋〉という名の店があれば、すぐに同心もしくは岡っ引きに報告するよう依頼してあった。

この報告が上がってくるのに、五日から十日はかかりそうである。矢崎ならともかく、各担当が番屋を回りきるのに五日ほど費やし、町役人や番太郎たちの調べにも若干の日にちはかかってしまう。

とはいえ、報告が上がるのを待っているわけにはいかない。

とりあえず、通新石町の〈なぎさ屋〉に当たりをつけ、前日のうちに文治にざっとこの店のことを調べておいてもらった。

今日は竜之助もその〈なぎさ屋〉を眺めてくるつもりである。

「ろうそく問屋にまちがいねえのかい？」

室町から十軒店のほうへ進みながら、竜之助は訊いた。あの道は毎日のように通っているのだが、どうもろうそく問屋があったという記憶がない。もっとも、見習い同心になってまだ半年足らずなのである。年季が入った定町廻りの同心たちと比べるのは、失礼というものだろう。

「ええ。ずいぶん繁盛してますぜ。なぎさ屋のろうそくは匂いがいいんだそうです。それに絵柄もいろいろです。高名な浮世絵師に下絵を頼んだりもしているみたいです」

「若旦那てえのはいるんだな？」

「います。なぎさ屋八右衛門《はちえもん》。ちっと変わった男です」

関口の水番人のような男だろうか。

「どんなふうに？」

「見ればすぐにわかります」

「ふうん」

関口の水番人も、見るからにおかしかった。

「横浜に？」

「若旦那は横浜あたりにもしばしば行くそうです」

竜之助は行ったことがない。機会があればぜひ行ってみたい。

「異人たちは日本独自の工芸品などにやたらと興味があるらしくて、日本のろうそくなんかもめずらしがるそうです。それで土産物として売ろうと思い立ち、若旦那みずから大きな箱を背負って、行商におもむくそうです。けっこう売れるんだとか」

「ほう」

「向こうにもろうそくくらいはあるんでしょうが」

「それはあるさ。しかも、ほら火燈《かとう》というもっと明かるいものもあるじゃないか」

　半年ほど前、その火燈が利用された悪事をあばいたこともある。

「ああ、ありましたね。ろうそくの百倍も明かるいやつ」

「それでもろうそくを土産物として売るんだから、目のつけどころがいいんだろうな」

　竜之助は感心する。

　通新石町に入ってすぐ、

「ほら、ここでさあ」

「なんだ、ここか」

　この店の前は、ほとんど毎日通っている。若い娘の客が多く、店頭にいつもたむろしている。竜之助が通ると、じろじろ見られたりする。ばつが悪いので、ここはいつも足早に通り過ぎてしまうところだった。

「そうか、ここがなぎさ屋だったのか」

「たいしたもんでしょう」

「小売りもしてるんだな」

　娘たちがいるのは、店の右手にある小売りのところである。色とりどりの絵ろうそくがずらりと並んでいる。

問屋のほうは、箱を背負った買い付けの商人たちが、絶えず出入りしている。

「これだけ大きな店になると、馬鹿息子が一代くらい出ても、店をつぶすまでには至らねえんじゃないですかね」

「それはどうかなあ」

と、首をひねった。大店でも政権でも、崩れだすとなだれのように崩れ落ちていくものではないか。

「でも、ここの若旦那が、あんな薹《とう》の立った姉妹のところに押し込みに入る必要はありませんでしょう」

文治の言い方は、年増《としま》の娘に対してひどすぎるのではないか。やよいもお佐紀も、あの歳になるまでそれほど猶予があるわけではない。

「それだってわからねえぜ。十七、八の娘にはねえ、大人の女の魅力ってのもあるだろうし」

「おや、福川の旦那がね」

と、文治は感心した。

客の娘たちが、竜之助をじろじろ見て、囁《ささや》き合っている。

「ほら、あの同心さま。ようすがいい」

「ほんと。ぐっと来る面《めん》」

「来る面同心て呼ぼうか」

などと、くだらないことも言っている。

文治が店の奥を指差した。

「ほら。あれです。若旦那は」

「なるほど」

竜之助はうなずいた。

羽織こそ黒だが、女物とまちがえそうな、赤や黄色が点在する小紋の着物を着ている。それで、歩くときはいくらか内股で歩き、

「ちょいと、正蔵《しょうぞう》さん」

などと、手代を呼ぶ。

困ったときは、手のひらを頰に当て、首を傾ける。

とにかく女っぽい。

「ちっ。女形《おやま》野郎」

通りすがりの男が、若旦那を睨んで毒づいて行った。

竜之助はそんなふうには思わない。生まれついての性格かもしれないし、誰に迷惑をかけているわけでもない。非難される理由はどこにもない。逆に、いわれのない苛《いじ》めで、つらい思いもしてきたはずである。

「不思議なもので、あの女っぽい若旦那がいいという若い娘もうじゃうじゃいるんです。こいつらもそうですが」

と、文治は言った。江戸の娘たちは、新しい魅力に弱いし、敏感でもある。若旦那に、なにか新しい魅力を見いだしたのかもしれない。

「だが、若旦那はもしかしたら、女よりも男が好きなんじゃないのかい？」

と、竜之助は訊いた。

「そうみたいです。ここらの娘っこも、相手にしてもらえないんですが、その冷たいところがまたいいんだとか」

「だったら、若旦那が美人姉妹をどうこうするってのも変な話になるよな」

「そうですよね」

二人で首をひねった。

「福川の旦那。若旦那をちっと呼び出して話を訊きますか？」

「ううむ」

まだ、いろいろと問いただすようなことはない。こんなに忙しいときに時間を取らせるのも気が引ける。

「じゃあ、一つだけ確かめてきてもらおうか。若旦那は、どんどん橋のたもとに住むお夏とお冬という姉妹を知ってますかと」

「わかりました」

文治は奥のほうに行き、若旦那を呼んだ。帯に差した十手が見えている。

若旦那の顔が緊張している。

だが、岡っ引きにあらたまってなにか訊かれれば、誰でも緊張する。

文治が若旦那に顔を寄せ、訊いている。

若旦那が、ちょっと考えたような顔になり、答えた。

あの若旦那は、多少しぐさは女っぽいにしても、一生懸命働いている。それが、くだらぬ押し込みなど働いて、わざわざ商売を傾かせるようなことをするだろうか？

文治がもどって来た。

「どうだったい？」

「どんどん橋の近くにいる姉妹なら知ってるそうです。友だちの知り合いなんだとか」

「へえ」

あの姉妹は、〈なぎさ屋〉は知らないと言った。

だが、〈なぎさ屋〉のほうは知っていた。

この事件、やけにすっきりしないことが多い。

八

神田旅籠町の〈すし文〉に来て、竜之助は寿司をつまんでいた。キンメダイを昆布で締めた寿司がやたらとうまくて、もういくつつまんだかわからないくらいである。

文治の実家だが、店で寿司を握っているのは、文治のおやじさんである。

竜之助は考え込んでいた。

「若旦那も、おかしなことを……〈なぎさ屋〉がこれやるかい……」

押し込みの男たちがしていたという、真夜中のひそひそ話である。

ほかの家で聞いたというなら、不思議はない。だが、あの家で聞いたというなら嘘になる。

夢だったのか。だが、二人で同じ夢は見ないだろう。姉が寝言を言う。妹がそれを聞く。言った姉のほうも、自分で聞いた気になったりする……。

そんなことはないか。

「やっぱり、姉妹があの声を聞いたのは、別の場所だったということだろうな」

と、竜之助は文治に言った。竜之助が口にするときは、すでに推理の筋道はだいぶはっきりしてきているのだ。

文治はおやじに握ってもらったコハダの寿司をつまみながら、

「別の場所？」

と、頓狂な声をあげた。

「そう。気絶していたというのは、たぶん本当なのさ。そのあいだに、どこかに連れ去られ、そこでひそひそ話を聞いた。それしか考えられねえもの」

「でも、当身なんぞ嘘だったんじゃねえですか」

「だから、当身ではなく、別のことで気を失ったのさ」

「別のこと？」

「あの姉妹に限ったら、気づかないまま、どこかに連れていくのは、たぶんそんなに難しくはないんだよな」

竜之助はそう言って、かすかに笑った。

「どういうことです？」

「文治は匂わなかったかい？　美人姉妹から？　おいら、おかしいなと思って、お冬がお夏を起こすのに二階に上がったとき、そっと台所の隅にあったものをめくってみたのさ」

「あのとき、そんなことしてたんですかい」

「ああ。驚くべきものがあった」

「驚くべきもの？」

「うふふ。わからねえかなあ」

と、竜之助は盃を呷《あお》った。

「わかりませんねえ」

文治もぐいっと呷った。

「朝、しゃべってるときも気がつかなかったのかい？」

嬉しそうである。

「なんなんですか、旦那」

文治がじれったそうに言った。


そのころ――。

「姉上。今日もぐびぐびっといきますか？」

と、お冬が言った。すでに湯屋に行って、化粧はさっぱりと落としている。

「ええ。もちろんですよ」

と、お夏はうなずいた。

「つまみはイカの一夜干ししかありませんが」

「炙《あぶ》ったイカがあれば、言うことありませんよ」

お冬が、台所の隅に置いた酒樽から、ひしゃくで茶碗に汲んだ。この茶碗がまた、寿司屋がお茶を出すのに使うような、大ぶりのものである。

「まずは一杯」

「はい」

二人で茶碗酒をごくりごくり。

「ああ、うまい」

「極楽」

すぐに二杯目にいく。

「でも、姉上。わたしたち、こんな暮らしをつづけていて、いつかお嫁に行き、子どもを育てるなどということができるのでしょうか？」

「できませんよ」

「やっぱり？」

「だって、あなた、子どもなんか産んで育てたりしてたら、お酒なんか飲めませんよ。それでもよろしいんですか？」

「お酒が飲めない？　冗談じゃありませんよ」

「酒が飲めれば、男もいらぬと」

「でも、姉上。いま来ている同心は、なかなか男ぶりがいいですよね」

と、イカを上品な手つきでちぎりながら、お冬が言った。

「あら、あなたもそう思った？　あいつ、同心のくせに、不思議と品がいいでしょう」

お夏は早くも二杯目を空け、自分で酒樽のところに行った。

「そうですね。ほんと、不思議」

「しかも、どこか悠々というか、飄々《ひょうひょう》というか、なんか身の回りに、爽やかな風が吹いている感じがしたでしょ」

「ええ。じつはあたしも」

「ねえ、お冬。あの同心が、酒をやめて、わしの妻になれとか言ったら、どうします」

「そりゃあ、やめますよ」

当たり前だろうという口調でお冬は言った。

「ずるい」

「あら、姉上は断わるんですか？」

「断わりませんよ」

「ほおら」

と、姉妹は笑い声は出さずに、身をよじったりしている。

「えっ、〈鬼だおれ〉があったんですか？」

と、文治は驚いた。

「そうなんだよ。台所の隅に、名前を後ろ向きにわからないようにはしていたけど、おいらはしっかり確かめたのさ」

「〈鬼だおれ〉ってのは、うちでも仕入れてますが、強い酒ですぜ」

「ほう。でも、それをあの姉妹は飲んでるのさ。だから、朝なんかまだ酒の匂いが残ってるんだ」

「あの姉妹がねえ。ちっと、訊いてきますよ」

と、文治は立ち上がった。

「なにを？」

「〈鬼だおれ〉を上方から仕入れて売ってるのがすぐそこの酒屋なんです。ちっと待ってください」

文治は飛び出して行った。

そのあいだ、竜之助は寿司をつまんで待っていたが、

「いやあ、驚きました」

と、文治は呆《あき》れ顔でもどってきた。

「どうしたい？」

「あの姉妹、たいした酒豪みたいです。始終、樽で買っていて、あの減り具合からすると、おそらく二人で毎晩二升は空けているそうです」

「二升。それじゃ、へべれけで、当身なんかされなくても気を失ってしまうだろ

う」

「まったくで」

「そうか。だから、それが恥ずかしくて当身なんて嘘をついたんだ。ほんとは酒に酔ってへべれけになっていたので、なにをされたかもさっぱりわからねえというわけだ」

「そうですね」

夜中に目覚めたというのは、喉が渇いてたまたま起きたのではないか。男たちの話は聞いたが、また寝てしまった……。

「もし、なぎさ屋の若旦那が、あの姉妹は毎晩、へべれけになるまで酔っていると知っていたりすると……」

竜之助は首を何度も縦に振った。

九

翌日――。

牛込揚場町にやって来た竜之助が、

「おい、文治。面白い店があるぜ」

と、指差した。

「面白いなんて言っちゃまずいですぜ」

それは牛込揚場町のなかほどにある早桶屋《はやおけや》である。道端まで板を出し、とんとんと木槌を叩いている。

大店の主人などよほど金のある者は別として、死んだ庶民が納まるのは、四角い棺桶ではなく、早桶という風呂桶状のものである。これに座るように納められる。ゆっくり横になって休めるのは、金持ちだけである。

あるじが店先で、その早桶をつくっているのだ。

早桶は、安い杉の木でつくる。ろくろくカンナもかけてなかったりする。中に入る人は、ちっとくらいトゲが刺さっても、あまり気にしない。

ただし、底が抜けたりすると、大変な騒ぎになる。だから、そこらへんはしっかりつくってある。

「ちっと訊きてえんだがさ」

と、竜之助は声をかけた。

「ここは、夜なんかも店を開けたりはするのかい？」

「そりゃあ、夜だって人は死にますからね。夜中でも叩き起こされて、桶を買っていくなんてこともしょっちゅうですよ」

と、早桶屋のあるじは言った。

竜之助はにやりとし、

「文治。これで運べば誰も怪しまないよな」

「ええ。中をあらためるなんてことは、あっしも嫌ですしね」

文治もうなずいた。

「よう、おやじ。五日ほど前の晩なんだが、夜中に早桶を買っていった者はいなかったかい？」

と、竜之助はもう一度、訊いた。

「いました。いちばん大きなやつをくれって」

「ほう。いちばん、大きなやつをな。それは、小柄な女だったら、二人くらいいっしょに入れたりすることもできるかい？」

「もちろん、大丈夫ですよ」

美人姉妹はどちらも小柄で、大柄な男の一人分てところだろう。

竜之助は想像した。

一升ずつ飲んでへべれけになった美人姉妹が、大きな早桶に入れられて、夜の道を揺られていく。

あの姉妹、意外にそのときはいい夢を見ていたかもしれない。春風に吹かれながら、もうじき殻から出ることができる蓑虫《みのむし》にでもなったような夢。

行き先はおそらく、通新石町の〈なぎさ屋〉。運んだのは、ひよわな若旦那ではなく、屈強な手代二人。神田川沿いに、御茶ノ水の坂を上り下りすれば、それほど遠くはない。

——では、なんのために？

それがわかれば、この事件は一件落着となる。

十

定町廻り同心の諸先輩たちに頼んでいた〈なぎさ屋〉の調べが、想像したよりずっと早く上がってきた。定町廻りの先輩同心たちの力はたいしたものだ——と、竜之助も素直に感心する。何十年も歩きつづけ、積み上げてきた知識や経験は並ではない。

やはり、江戸にはそう多くない屋号だった。

芝田町《しばたまち》の海苔《のり》屋に一軒、深川の船宿に一軒、音羽にある三味線屋《しゃみせんや》がなぎさ堂、これくらいだという。

「場所から言っても、通新石町の〈なぎさ屋〉以外にねえな」

と、矢崎三五郎も言った。

「はい。その筋で追いかけています。これで、迷いもなくなりました」

竜之助が諸先輩たちに頭を下げた。

「それで、そろそろ下手人は上がるか？」

と、矢崎がせっつくように言った。

「えっ。それはまだ、ちょっと……」

「なんだ。七日ほど経つんじゃねえか。もし、誰か殺されていたりでもしたら、初七日になっちまうぜ」

「おそらく殺しは関係ないと思いますが……」

竜之助はそう言ったが、しかし、小さなできごとの陰に、なにがひそんでいるかわからなかったりする。

予断があってはいけないのだ。

矢崎に急《せ》かされるように、竜之助は奉行所を飛び出した。

今日は文治を使わず、一人で〈なぎさ屋〉の周辺で訊きこみをした。

ちょっと変わった若旦那だが、通りの店のあるじたちは誰も悪口を言わなかった。

「ああいう人ですが、商売については真面目だね」

「いつも、十年、二十年先を見て、商売をするって言ってるぜ」

「すごい明かりが入ってくるって心配してたね」

こうした声も聞かれた。

若旦那は危機感を持っているのだ。

おそらく、これから火燈というものがどんどん入ってくるだろう。あれは明るさが凄まじい。ろうそくなんぞは、あっという間に使うやつがいなくなると思うにちがいない。

――では、どうするか？

横浜でやっているような、土産物として生き残るのか？　それとも、使うのももったいないようなきれいなろうそくにして、特別なぜいたく品のようにするのか？

あるいは、まったく別の使い道を考えたのではないか……？

金太郎や桃太郎が描かれた太めの変わりろうそくを何本か買うと、竜之助は〈なぎさ屋〉から西に歩いた。

神田三河町がすぐである。

——新太にあげよう。

と、思ったのだ。

新太のことでは、竜之助もいくらか責任を感じている。

いくらお寅に頼まれたこととはいえ、心ノ臓の発作という嘘を見破ってしまった。

見破らなければ、新太は母を失うことはなかったかもしれない。跡継ぎとして横浜屋に取られても、すぐ近くに母はいたにちがいない。

だから、後味は悪い。

巾着長屋の路地に来た。

縁台があり、さびぬきのお寅がそこに座って、星を眺めていた。長屋の屋根に区切られた空だが、それでもよく晴れて、春の星がきれいに瞬《またた》いている。

「よう。お寅さん」

「おや、福川の旦那」

と、お寅は竜之助を見上げた。

「なんか、疲れた顔をしてるんじゃねえか」

「疲れますよ。あたしはつくづく、子育てには向かない女なんだって、嫌になっちまいましてね」

「なんでだい?」

「子どもってのはまた、言うことをきかないんですよ。つい、カッとなって怒っちまう。すると、子どもは怖がるでしょ。怖がる子どもと、怒る自分にますます腹が立つ」

「ふうむ」

「大海寺の雲海和尚にも叱られましたよ。母というのは菩薩さまや観音さまのような感じで子に接しなければいけないんだって」

お寅は情けなさそうに笑った。

「そうなのかね」

と、竜之助は言った。

「え?」

「いやね。母親が菩薩さまや観音さまでいられるほど、この世は楽で甘くていいところなのかね」

「おや」

と、お寅は意外な言葉を聞いたという顔をした。

「母親だって生きていくのに必死だろ。そうそう微笑《ほほえ》んでなんかいられねえもの。男がそうであるように、女だってにこやかにやさしくばかりはしてられねえって。怒ったり、おろおろしたりしながら、必死で子どもを育てていくのが、当たり前なんじゃねえのかな」

と、竜之助は言った。

「旦那って、子どももいないのに、ずいぶんわかったみたいなこと、おっしゃるじゃないですか」

すこし皮肉っぽく、お寅が言った。

「そうかい。きっと、おいらもそうやって、怒られたり、突き飛ばされたりして育ったからかもしれねえよ」

なんだか身体がうっすらと覚えているような気がする。

「あたしはいくらなんでも、突き飛ばすまではしませんよ」

と、お寅は笑った。竜之助の言葉で、いくらか気持ちが軽くなったらしい。

「新太は起きてるかい？」

「ええ。眠れないみたいでね。子どものくせに」

「子どもだって眠れない夜はあるのさ」

それは竜之助にも数え切れないほどあった。

「そうかもしれませんよね」

と、お寅も素直にうなずいた。

竜之助が顔を見せると、新太の顔が輝いた。

「やあ、おいらの手妻の弟子じゃないか」

「おう。でも、あいにくだが、今日は手妻を習いに来たんじゃねえ。土産を持ってきただけなんだよ」

と、絵ろうそくを摑ませた。

「へえ。一本だけ、火をつけてみてもいいかい？」

新太がお寅に訊いた。すこし、怖がっている感じもある。

「ああ、いいよ」

と、お寅も笑って許した。

「やった」

新太はへっついから種火を持ってきて、火をつける。

柔らかな火が、胴に描かれた金太郎の絵をくっきり浮かびあがらせる。

「きれいだね」

「きれいだな」

と、竜之助とお寅が同時にうなずいた。

「でも、このろうそく、ここに絵を描くより、金太郎のかたちにすればいいのにね。人形みたいにさ」

「人形？」

竜之助は、金太郎の頭のあたりの炎を見つめた。

それから、ぱんと手を叩き、

「そういうことだったかい」

と、笑って言った。

十一

「この部屋だったんですか」

と、お夏が竜之助に訊いた。

「そう。ここで、お夏さんとお冬さんは、あのひそひそ話を聞いたのさ」

竜之助がうなずいた。

〈なぎさ屋〉の裏の離れである。八畳ほどの部屋で、かすかに蠟《ろう》の匂いがする。夜も五つ半（午後九時）を過ぎてすっかり静まりかえっている。なるほどここなら、針が落ちる音まで聞こえそうである。

部屋には、なぎさ屋の若旦那、お夏とお冬、それに竜之助と文治がいた。あの晩は、竜之助と文治のかわりに、手代二人がいたはずである。

「お二人はへべれけになったところを、大きな早桶に入れられ、ここに運んでこられた。この若旦那は、〈鬼だおれ〉を売る酒屋と友だちで、お二人が毎晩、たいそうな量のお酒を飲み、相当深く酩酊することは知っていたのさ」

「まあ」

「相当深くってまではいきませんけどね」

二人は憮然《ぶぜん》とし、

「でも、いったいなんのために？」

「それが驚いた目的のためなんです」

と、竜之助は言った。若旦那はすっかり怯《おび》えてしまい、小さくなっている。

「おいらも、人づてに聞いた話なんだが、エゲレスのロンドンという町に蠟でつくった人形を見せるところがあるんだってさ」

「蠟の人形？」

「ああ。そこには、断首されたお姫さまの首を蠟人形にしたものもあったりするらしいぜ」

竜之助が言ったお姫さまとは、マリー・アントワネットのことだろう。つくったのはマダム・タッソー。フランス革命のときに、断頭台で胴体とわかれた首を探して持ち帰り、それをもとに蠟人形をつくった。

二十一世紀のいまもあるマダム・タッソーの蠟人形館は、この物語のおよそ三十年前、一八三五年にロンドンに開設されていた。

「この蠟人形というやつは、当人そっくりになるらしいんだ。それはそうさ。型どりしたりして、骨格から同じにしていくんだからな」

「まさか、あたしたちをその蠟人形に？」

「嘘でしょ？」

二人は怒って大声でわめいた。

若旦那はますます小さくなっている。

「お二方《ふたかた》の家でもやれるが、型どるための蠟を運びこんだりして、大変になる。それよりは、連れてきてしまったほうが簡単だった」

「型どるって、まさか裸にして？」

「えっ、やぁだぁ」

若旦那をひっぱたきかねない剣幕である。

「素っ裸にはしてませんよ」

「素っ裸ではなくても、すこしくらいは着物を脱がせたりしたんでしょ」

「ええ、まあ、すみません……」

若旦那はうなずいた。

「なんで若旦那がそんなことを思いついたかだが……」

と、竜之助が話しはじめた。

「この先、横浜などを通して、西洋の明かりがどんどん巷《ちまた》に流れこんでくる。若旦那は、そうなったらろうそくの使われる量は激減するだろうと踏んだのさ。なにか、蠟を明かりではなく、ほかのものにたくさん使う道はないものかと、必死で考えた。そんなとき、横浜に行っていて、ロンドンの蠟人形の話を聞いた。当人生き写しの人形。もしも、若い女が自分の姿をかたちにして永遠に残しておけるとしたらどうかな」

「まあ、凄い。若いままの姿を」

と、お夏が興奮したような声を上げた。

「だろ。若旦那は、若さが失われようとしている女というのは、密かにそういう願望を持つのではないかと思ったのさ」

「それは当たっていなくもないわね」

と、お冬がうなずいた。

「若旦那が、いちばんそういう欲求を持ちやすい年ごろで、美人で、さらってくるのに不都合がなくて——そういう女を物色したら、お二人さんに白羽の矢が立っちまったのさ」

「それで、つくったの？」

と、お夏は若旦那を見た。

「ええ、まあ」

若旦那は肩をすくめてうなずいた。

「見せて」

と、お冬が迫った。

「でも、ここでは」

若旦那は竜之助と文治を見た。

「同心さまと親分。申し訳ありませんが、ちょっと席をはずしていただけませんか？」

「そいつはかまわねえが」

と、竜之助と文治は追い立てられ、中庭に出された。

「美人姉妹はもっと怒るかなと思ったら、そうでもねえみたいですね？」

と、文治が呆《あき》れたように言った。

「うん。しょっぴくことになるかなと思ってたんだがな」

竜之助も困惑している。

しばらくして、離れの障子が開いた。

お夏とお冬がうっとりした目をして立っていた。

「あの、同心さま」

と、お夏のほうが言った。

「どうしたい？」

「若旦那はしょっぴかれなくちゃならないんでしょうか？」

「どういう意味だい?」

「いえ、あたしたちは別にかまわないんですよ。蠟の人形をつくってもらっても。もしも、最初からちゃんと言ってもらえたら、きっとどうぞと許していたと思うんです」

「はあ」

「しょっぴくのはやめていただけませんか?」

と、お夏は若旦那を一度見て、頭を下げた。

「それはもちろん、おいらたちだって、余計な罪人なんかつくりたくはねえ。訴えを取り下げてくれたら、おいらたちは何もしねえよ」

「取り下げます」

「あたしも」

姉妹はきっぱりと言った。

「わかった。この件はなにも悪事とは関係なかったということで」

竜之助は深くうなずいた。矢崎あたりにはしつこく訊かれるかもしれないが、そのあたりはどうにでもごまかすことができる。姉妹が子どものときに読んだ怖い絵草子を思い出したことにしよう。すべては夢のような話だったのだ……。

「それではもう、お二人に御用はございませんよね」

と、お夏が言った。

帰れというわけである。

「はあ、帰りますがね。その蠟人形というのをちらりとでいいんで、見せてもらえないかね？」

と、竜之助は訊いた。

じっさい、それがやたらと流行《はや》りだしたら、どんな悪事に結びつかないとも限らない。同心としては蠟人形というのを見ておきたい気持ちもある。

「駄目です」

「え？」

「いまから、まだ、つづきをやりますから。お生憎《あいにく》さま」

障子はぴしゃりと閉められた。

竜之助と文治は、唖然《あぜん》として立ち尽くした。

十二

今日も柳生全九郎は、旅籠町の宿屋で下を通る少年たちを眺めていた。

坂を上ったところの学問所に通う少年たちなのだ。

笑い合っている者もいれば、同じ年ごろの子の背中を憎しみのこもった目で見ていたりする者もいる。みな、性格も境遇もさまざまなのだろう。

――わたしはどうなのだろう？

と、全九郎はふと思った。他人にはどう見えているのか。

やたらと気になってきた。

「鏡を貸してもらえないか？」

と、全九郎は、廊下を拭いていた宿の女中に訊いた。

「鏡？　なにをなさるんですか？」

「決まってるじゃないか。顔を見つめるのさ」

「まあ。かわいい顔をなさってますよ」

と、女中はからかうように言った。

「そんなことはいいから、早く持って来い」

全九郎は怒鳴りつけた。

「おやおや」

女中は少年の怒りの激しさに呆れ、ぺろっと舌を出したが、それでも階下に行ってこぶりの鏡を持ってきた。

「あんまり、息をかけたりしないでくださいよ」

「ああ。わかったよ」

全九郎は窓辺でおのれの顔を見た。外の光を顔に当てるようにすると、鏡にもはっきり映る。

——これがおれの顔なのか。

もしかしたら、こんなふうに自分の顔をしげしげと見るのは初めてかも知れない。

長い眉。斜めにすっと上がっている。眉の端は細くなっている。

目は思っていたよりも大きい。

鼻は細く、口は小さい。

思っていた顔とはまるでちがった。

——女みたいな顔ではないか。

むしろ泣き顔のほうが似合いそうな、心細げな感じがした。

こんなやつが相手だったら、さぞ嫌だろうとも思った。

下忍たちが町からもどってきた。徳川竜之助の動きを見張ってきたのだ。下忍たちは、どこで襲撃すればよいかを、つぶさに検討していた。

下忍たちは、二階に上がってくると、全九郎が鏡を見ているのを見て、ぎょっとした顔になった。

さりげなく目を逸《そ》らした一人が小声で仲間に言った。

「あいつは、あんまりおのれを見つめたりしないほうがいいのにな」

「まったくだ。化け物は自分を見ないほうがいい」

と、もう一人の下忍が笑った。

第四章　逃げろ、生きもの

一

そっと目を開けると、夜の空を雲が流れているのが見えた。夏空に出るような白く、くっきりとした雲で、ゆったりした速さで東に流れていた。

大海寺で座禅を組んでいる途中である。目を開けてはいけないのだろうが、座禅の途中で夜の空や庭を見るのが好きなのだ。いつも見ている景色と、なにかちがう気がする。あの世の景色と言ったら大げさだろうが、どこかしんとした感じがする。

月に一度ということで始めた座禅だが、竜之助はこのところ、月に二度、三度とやって来るようになった。

悟りを開こうなどというつもりはない。ただ、慌ただしい日常を送っていると、こういう静かな時間は貴重に思える。

渡り廊下の向こうの住まいのほうで、雲海和尚が猫をかまっている声がした。寺の墓場や縁の下には野良猫がいっぱいいて、かまう猫に不自由はしない。

「タマちゃん。ここまで跳べるかな。ぴょんと。あ、上手でちゅねえ」

猫撫で声というのはこのことか。

和尚が言うには、なんでも猫のことを知りつくせば、女心もことごとくわかるようになるらしい。そのわりには、次から次に女にふられるのは、どういうわけなのだろう。

「よお、なかなか姿勢もさまになってきたぞ」

猫をかまうのにも飽きたらしく、来なくていいのに来た。

後ろに立ち、竹刀を手にした気配がある。

「福川竜之助よ、生きものとはなんぞや」

絶対に猫をかまっている途中で思いついた公案なのだ。

ミャオ。

と、向こうで猫が答えた。だが、意味はわからない。

竜之助も答えなければならない。

お釈迦さまは、「山川草木悉皆成仏《さんせんそうもくしつかいじょうぶつ》」とおっしゃったという。その山川草木にはあらゆる生きものも入っているらしい。犬も猫も、蝶も鳥も。みんな仏なのである。

もちろん人間もだろう。

だから、殺し合いはいけないのだ。互いの命を大事にするため、お釈迦さまは不殺生ということを言ったのだ。

それなのに、わたしは人を殺すための剣を学び、事実、何人もの命を断ってきた。

「生きものとはなんぞや」

本当になんだろう。

悲しい。生きものであることは悲しいと思う。

木や草のようにいつも静かに風に吹かれていられたら、どんなに心は穏やかだったことか。

哀れである。生きものはつくづく哀れだとも思う。

この地上に、食いものは充分にはない。取り合いをしなければ腹を満たすことはできず、ほかの生きものの命も奪う。

ただ生きていくだけでも大変なのに、幸せになりたがったり、平安をのぞんだりする。それらはますます得られない。

「答えよ。生きものとはなんぞや」

三度目の問いである。

どうせ、なにを答えても打たれる気がする。

「生きものとは輝き」

と、答えた。ずいぶん無理した気がする。生きものにお世辞を言ってしまったかもしれない。

だが、本当に生きているだけで、輝いているように見えるときもあるのだ。

「馬鹿者」

「痛っ」

やっぱりぴしゃりと来た。

それにしても、この和尚はどうして警策《けいさく》を使わないのか。あるだろう、あの平たくて、音のわりには痛くないやつが……。

二

本郷にある大海寺の帰りに、神田三河町の巾着長屋をのぞいていこうと思った。新太のことが気になっている。

近くに来ると、子どもたちが騒ぐ声が聞こえてきた。

「こっちに提灯持ってこいよ」

「そっちじゃない。こっちに来たみたいだぞ」

などと、大声でわめいている。

ふだんならもう寝ているはずの時刻である。何人かは提灯を手にしている。ここらで祭りでもあったのだろうか。

新太もいた。こんなふうに皆に混じって遊ぶのはめずらしい。

「おい、どうしたんだ?」

と、竜之助は声をかけた。

「変な生きものがいたんだよ。誰も見たことがない生きものなんだ」

「ほう」

変な生きものは見てみたい。

ラクダも見たいし、ゾウも見たい。トラや獅子《しし》が見られるなら、一日くらい飯を抜いてもかまわない。

長屋の前には大人も何人か出てきている。子どもほど興味をかきたてられたようすはないが、捕まえたら見てみようくらいの好奇心はあるらしい。

お寅も出てきていた。

「よう。変な生きものがいたんだってな」

と、声をかけた。

「おや、福川の旦那。なあに、大方、たぬきかなんかに色でも塗ったんですよ」

お寅は、煙管《きせる》をすぱすぱ吸いながら言った。

「見たのかい？」

「ちらっとね」

と、お寅は自分が見たあたりを指差した。

「あっちだ！」

ほかの子の声がした。

子どもたちは提灯を持った子を先頭に、いっせいに声がしたほうへと走った。

後ろのほうは、あまり年端もいかないような子が多い。新太はそっちの組に混じっている。

竜之助も気になって後を追った。

「いたぞ」

巾着長屋の路地を出て、三河町新道《しんみち》から一本入ったところである。

反対側には大名屋敷があるが、こちらは町家が立ち並ぶ一画で、黒板塀に囲まれた大きな家の塀の下に、その生きものはうずくまっていた。両側から提灯の火を当てられ、怯《おび》えたように見える。

猫を一回り大きくしたくらいの大きさである。

「ほう。なるほど……」

竜之助も見た。

——これは何だろう？

本当に見たことのない生きものだった。

尻尾が大きい。ふさふさしていて、はっきりわかる黄色と黒の縞《しま》模様がある。

顔はいくらかたぬきに似ていなくもない。目の回りは黒い毛でおおわれているが、よく見ると黒い目が大きく、真ん丸である。

かわうそでも、むじなでもない。だが、かわいい。

色を塗ったとかいうたぐいでは絶対にない。明らかに、わが国の山野ではまず見かけないような、珍種の生きものである。

「どこから来たの？」

と、小さな女の子が生きものに向かって訊《き》いた。

「答えるか、馬鹿」

生意気そうな男の子が言った。

「捕まえようぜ」

「ひっかくよ」

「打ちのめすか」

悪そうなガキがそう言うと、

「やめろよ。かわいそうだろ」

新太が大きな声で言った。竜之助が、ほうと感心したほどだった。

「もしかしたら、犬とか猫のお化けかもしれないぞ」

と、新太は言った。

「お化け？」

「ああ。人間だって、お化けになると、生きているときとは形相が変わるだろ。

それといっしょなんだよ」

子どもというのは面白いことを考える。

あるいは、虐《いじ》めたりすると祟《たた》りがあるぞと、悪童たちを牽制したのかもしれない。だとしたら、新太はなかなか知恵が回る。

「餌は足りてるのかな？」

と、見に来た大人が言った。

「汁の具にするつもりだった泥鰌《どじょう》があるよ。食べさせてみようか」

と、いつの間にか来ていたお寅が言った。

お寅は長屋にもどり、すぐに鍋を持ってきた。

「ほら、食いな」

生きものは差し出された鍋の匂いを嗅《か》いだが、すぐにむしゃむしゃと食べはじめた。

鍋はたちまち空になった。

「腹を空かしてたみたいだね」

「お濠にいる生きものかな」

と、誰かが言った。お濠にいれば、田安の庭あたりにも現われるはずである。

だが、こんな生きものは見たことがない。

「ん？」

生きものは、ふいに耳を澄ましたようなしぐさをした。すると、目にも留まらぬ速さで、子どもの足元をすり抜け、後ろの掘割のほうに消えた。

「あ、ああ。逃げられちまった」

と、がっかりした声が上がった。

「同心さま。捕まえてくれたらよかったのに」

生意気そうなガキが言った。

「馬鹿言え。なにも悪いことをしておらぬのに、いくら生きものでもやたらに捕まえたりはしないぞ」

と、竜之助は諭《さと》した。

「いまのって、トラだったんじゃないのか？　尻尾のところに縞模様があっただろ」

トラの絵を見たことがあるらしい子どもが言った。

すると、新太が、

「トラなんかじゃないよ」

と、文句を言った。

「トラなんかって……なんだか恨みでもあるような言い方だね」

お寅はじろりと新太を睨《にら》んだ。

そんなやりとりを聞きながら、

——もしかしたらいまのは、異国の生きものではないか。

と、竜之助は思った。

横浜にはさまざまな物産だけでなく、犬や猫、食用にする牛などの生きものも入ってきている。そうした珍奇な生きものを、大名家あたりが入手して、広い庭で飼っていたりしても不思議はない。

竜之助は周囲を見回した。

一軒、気になる家があった。

黒板塀で囲まれた家だが、塀がやたらと高い。しかも、最近、高さを嵩《かさ》上げしたらしく、上の二尺分ほどは付け足した跡がある。

なにかうさん臭い。

「この家は？」

と、隣りにいた若い男に訊いた。

「新川にある伏見《ふしみ》の酒問屋の別宅だそうですよ」

商家の別宅で、ここまで厳重に囲わなくてもよさそうである。

――怪しい……。

が、ただ怪しいくらいでは踏み込んだりはできない。そんなことをしていては、町奉行所の先輩同心たちがこれまで築き上げてきた町人たちの信頼を失ってしまう。

三

――また、あの生きものに会いたい。

と、新太は思った。

昨夜は興奮して、なかなか寝つかれなかった。途中で起き出し、お寅に叱られながら、あの生きものを絵にしてみたりした。

あんなかわいい生きものを見たことがない。仔犬や仔猫もかわいいが、あの生きもののかわいさはまた違う感じだった。けなげな感じ。きっと必死で生きてるんだ。頑張ってと応援したくなる。

あのとき、目も合った。あのびっくりしたような真ん丸の目！　思わず微笑《ほほえ》みが洩《も》れるほどだった。

おっかさんがいなくなってから、笑ったことがないような気がする。ひさしぶりに楽しかった。

あの生きものが、おいらに飼って欲しいと思ってくれたりしたら、どんなにいいだろう。ずっと大事にしてあげたい。ご飯だって、おいらのを半分に減らしたってかまわない。

——たぶん、あそこにいるんだ。

新太には居場所の見当がついていた。

掘割の縁を走ったが、ふいに塀の隙間から中に入った気がする。あの中はこっちに面した黒板塀ともつづいているはずなのだ。

それに、あの黒板塀には、右手の松の木のところに、隠し扉のようなものがあるのだ。新太はそこがすこし開いていたのを見かけたことがあった。

もしも、あそこが開いていれば、中に潜り込めるはずなのだ。

夕方——。

新太はそっと、あの黒板塀のところに行ってみた。

ここらまでは、長屋の子どもたちもあまり押しかけてこない。今日も路地のほうで、地面に絵を描いたりして遊んでいた。

塀に夕日が当たっていた。その光で、塀の一部がずれているのが見えた。

塀の下に指を入れた。大人の指なら入らない。子どもの小さな指だから入った。ちょっと痛いが、無理して引いてみると、ぎいっとかすかな音を立てて開いた。

そこは中庭になっていた。

小さな池が真ん中にあり、庭木や草がたくさん植えてあった。お稲荷さんの小さな祠《ほこら》もあった。

身をかがめ、あの生きものがいないか探した。

岩の裏側や、草むらの中。どこにひそんでいても、おかしくない気がした。生きものの匂いみたいなものを感じた。

――ん？

庭に突き出した縁側のところに、誰かいた。一目見て、お化けかと思った。

思わず叫びそうになったが、

「しっ」

と、縁側にいたそれが言った。

女の子だった。ただ、髪の毛が金色をしていた。

それが夕日に当たって、ぴかぴか輝いている。昨日の生きものは、尻尾がおかしな縞模様になっていたが、こちらの珍奇さは縞模様どころではない。髪の毛が金でできてる人間なんているだろうか。

なにも言えず、呆然《ぼうぜん》としている新太に、

「……………」

と、なにか言った。

まったくわからない。わからない言葉は怖い。

「おめえ、お化けかい？」

「……………」

女の子は首を横に振り、なにか言いながら笑った。笑い顔を見て、ようやく安心した。お化けはあんなふうに笑わない。まちがいなく人間の女の子だった。

「おいら、かわいい生きものを探しに来たんだよ。たぶん、ここに逃げ込んだんだ。おめえ、知らないかい？」

と、新太は小声で訊いた。

「……………」

女の子の口が動こうとしたとき、向こうのほうで怒ったような声がした。

女の子は、新太を追い払うような手つきをした。

これ以上、ここにいてはまずいと新太も思った。

また、なにか言った。

たぶん、帰れと言っているのだ。

「わかった。帰るよ。でも、また来るかもしれないよ」

新太はそう言って後ずさりし、塀から出た。

隠し扉が向こうから閉じられた。

外に出るとすぐ、

――あの子、ここに捕まってるのかな。

と、思った。なんとなく、困っているような感じがしたのだ。だが、それほど逃げたがっているようすはなかった。

長屋にもどったが、いま見てきた女の子のことは、お寅には言わなかった。

お寅は、やさしいのか、怖いのか、よくわからない人だった。激しく抱きしめてくれるときもあれば、箸の持ち方ひとつで、急に怒り出したりもする。

お寅に言うと、さっきの女の子も困ることになるような気がした。

四

翌日——。

新太は朝から、いろいろ用事を頼まれ、忙しかった。お寅がうどんを打つというので、その手伝いをし、音羽あたりの農家にタマゴを買いに行くのにも付き合わされた。長屋の住人がおつとめを終えて出てくるので、今宵はそのお祝いをするのだという。おつとめの意味によくわからないところはあったが、とにかくめでたいことらしい。

ひとつずつの仕事はそう嫌なものではないが、一人になれないのが疲れた。タマゴを買ってもどってくると、夕方になっていた。

「まだ、用があるの？」

「なんだい、疲れたのかい？」

「ちょっと」

「ま、いいや。一人で遊んでな」

お寅は長屋の別の家に行ってしまった。

あの金色の髪をした女の子のことは、奉行所の福川さまには教えたい。むしろ、教えないといけないのではないか。

でも、新太は奉行所というのがどこにあるのかわからない。

――そういえば……。

本郷にある大海寺に向かった。お寅と何度か行ったことがあり、ほとんど一本道だから迷いようもない。あそこの小坊主の狆海とは友だちになっている。狆海はたしか、福川さまの家を知っていると言っていた。

「狆海さん」

狆海は門の前をほうきで掃《は》いていた。

「やあ、新太じゃないか」

狆海のほうが三つほど上である。自然、兄と弟のような言葉遣いになる。

「福川さまの家を知ってるって言ったよね」

「うん、知ってるよ」

狆海は自慢げな顔をした。

「教えたいことがあるんだよ」

「どんなことだい？　なんせ、忙しい人だからね。つまらないことで会わせるわけにはいかないよ。おいらの座禅の弟子でもあるからね」

新太はあまり上手には話せなかったが、それでも不思議な生きものと金色の髪をした女の子の話をし終えると、

「そいつは怪しいぞ」

と、狆海が腕組みをした。

「怪しいって、なにが？」

「それは、おいらにはわからないよ。でも、福川さまなら、ぱっと解決してくださるにちがいないよ」

狆海がほうきなどを片づけるのを待って、二人で竜之助のところに行った。八丁堀というところにあり、そこまでの道はそう難しくはなかった。ただ、八丁堀には似たような家が立ち並んでいて、これは狆海の案内なしでは来れそうになかった。

竜之助はちょうど帰ってきたところで、二人を見ると、

「よう、二人そろってどうした？　いま、着替えをすますから、上がって待ってなよ」

と、すごく嬉しそうな顔をした。

待っているあいだ、やよいがおしるこを出してくれた。甘くてすばらしくおい

しい。大きな餅もいかにも気前がよさそうに入っている。

「きれいな人だろ」

と、狆海が夢中でおしるこを食べている新太に言った。

「うん」

「福川さまはもてるからね」

「そうなの？」

「うん。あんまりもてるから、うちの和尚さんなんて羨《うらやま》しくてしかたがないのさ」

二人は声を出さぬようにして、笑い合った。

着替えを終えた竜之助が、二人の前に座った。

「それで、どうしたって？」

竜之助はあの生きものも見ているし、黒板塀の家も知っていた。だから、新太の話もすぐに理解してくれた。

「なるほど。わからない言葉を話したかい。たぶん、亜米利加《アメリカ》語なんだろうな」

「亜米利加語？」

新太と狆海は同時に目を丸くした。

「よし。いいものを貸してやろう」

竜之助は立ち上がり、書棚から一冊の本を持ってきた。

「異国の言葉がわかるようになるための、辞書というものがあるのさ。これがそうだぜ」

「へえ」

新太が手にし、狆海にも見えるようにして紙をめくった。

横書きで、亜米利加の文字とカタカナの発音と、日本語の意味が三つずつ並んでいる。

ちゃんとしたやつかどうかは、竜之助にもわからない。だが、横浜あたりに出入りする商人などが使っているもので、ずいぶん重宝しているという。いちおう五百ほどの言葉が載せてあって、全部覚えたら、話にも不自由しないらしい。竜之助も、これから役に立つことがありそうな気がして、安くはなかったが、入手しておいた。

「これをその子に見せながら、なにを言いたいのか確かめたりもできるのさ。もしもまた会えるときがあったら、やってみるといいぜ」

「へえ。これはすごいや」

二人は竜之助に話したことで安心したらしく、喜んで帰って行った。

「若さま、なにか面倒なことでも？」

二人を見送ったやよいが訊いた。

竜之助はもう、やよいが用意してくれた夕飯を凄《すご》い勢いでかきこんでいる。

ふきのとうのみそ汁の苦味がなんともいえずうまい。

つくしの佃煮も、田安の家では食べたことがなかったが、これもうまい。

「さて、どれくらい面倒なのかまだわからねえが、なにかはありそうだな」

飯粒をこぼしながら言った。

――謎の生きものに、金髪の少女ときたか……。

竜之助は明日さっそく、定町廻りの同心たちに、異国が関わることでおかしなことが起きていないか、気にとめておいてくれるよう依頼しようと思った。

五

三日が過ぎた――。
この日は、めずらしいほど何もない町廻りだった。番屋からも一度も相談ごとがなく、むしろ寂しい気がしたほどだった。

前の日に、矢崎が凄い勢いで一回りしていたので、面倒なことは矢崎のほうに伝えられたのかもしれない。

だが、竜之助が奉行所にもどってくると、大滝治三郎が首をかしげながら、同心部屋の真ん中に座っていた。わきでは矢崎も大滝の手元をのぞきこむようにしている。

「どうしたんですか?」

「そなた、何日か前に異国がらみでおかしなことは起きていないかと訊いていたよな」

「はい。なにかありましたか?」

竜之助は勢いこんで訊いた。

「半月ほど前から変な酒が出回っているという噂はあったんだよ。どうも、それが異国の酒らしかったというわけさ」

と、大滝はギヤマンの瓶をかざした。濁ったような赤い色をした瓶で、口のところがすこし欠けている。

「この酒ですか」

「ああ。まずは福川に味わってもらいたくてさ。おめえが帰るのを待ってたのさ」

大滝がそう言うと、ほかの同心たちもうなずいた。

「まさか、毒じゃないでしょうね」

竜之助は不安になって訊いた。

「毒ではねえ、と思う。飲んでる途中で、ぴんぴんしている野郎のものをひったくってきたから」

「どれどれ」

木の栓を開け、匂いを嗅《か》いだ。

「ああ、ぶどう酒とは、全然ちがう匂いです。というより、わが国の酒そのものという気がします」

「福川。お前、ちょっと飲んでみろ」

と、大滝が真面目な顔で言った。

「えっ。あとで毒が回ったらどうするんですか？」

「だって、おめえ、この中じゃ独り者はおめえだけだぞ。悲しむ者が少ないだろうが」

「それは……」

　周りを見ると、またもや皆、いっせいにうなずいた。

「しかも、いちばん若くて、いちばん丈夫なのもおめえだ」

「丈夫なのはわかりませんよ。矢崎さんなどは毎日、あれだけ江戸中を走り回っても平気なんですから」

「おい、福川」

　と、矢崎が睨んだ。

「わかりました。飲めばいいんでしょ」

　と、すこし口にふくんだ。喉に送り込む前に、舌がしびれたりはしないか、ゆっくり確かめる。それから、ごくりと飲んだ。大きな音がして、同心部屋の連中もぎょっとした顔をした。

「く、苦しい」

　竜之助が顔を歪めた。

「吐け、福川！」

　と、大滝が背中を叩いた。矢崎が口をこじあけ、喉に指を入れようとした。

「冗談です」

竜之助はすっと背筋を伸ばした。

「馬鹿たれが」

矢崎は蹴りを入れてきた。

「甘いですよ」

「甘いのか」

大滝は、奉行所にあった別の切子に入れて、透かしてみた。

「食紅の色ですよね」

「そうだな」

「これはわが国の酒ですよ。それを水で倍くらいに薄めてます。あとは砂糖と食紅を混ぜただけ。異国の酒だなんて、真っ赤な嘘」

と、赤い酒を振った。

「だとすると、酒を倍に水増しし、だいたい三倍の値段で売ってるんだ。ということは、ふつうの酒を六倍の値で売っている」

「たいしたぼろ儲けだぜ」

一同、呆れた。

これは立派に奉行所があつかってもいい詐欺事件である。

「出どころは割れたんですか？」

「いまのところ、二つ出ている。新川の酒問屋で、伏見の大和屋《やまとや》と、備前《びぜん》の両《りょう》国屋《ごくや》。両国屋から出たのはつい数日前で、大和屋のほうが早い」

「それで、大和屋を調べたのですね？」

大滝はのんびりしているようで、行動は早い。

「むろんだ。だが、あるじはかなりしらばくれた男でな。うちは、横浜の異人から買ったというのさ」

「横浜の異人？」

「ああ。これはニセモノの酒じゃねえだろうなと言ったら、もし、これがニセモノなら、自分も被害者の一人だときた」

「両国屋のほうは？」

「行ってみたさ。やっぱり怪しい話さ。持ってきたのは、横浜に出入りしているという男で、大和屋さんがあつかっている酒を入手できるがどうかと」

「なるほど」

一つ実績をつくれば、どんどん販売先を増やしていける。最初の一つが難しいが、大和屋が仕組んでいれば、こんな楽な話はない。

「大和屋の赤い酒が売れているというのは知ってたから、両国屋でもつい話に乗った」

と、大滝は言った。

「そうでしょうね」

「取引は佃島《つくだじま》の沖だ。船の上でな」

「いかにもですね」

横浜から品川沖へと海上をやってきたことにでもしたのだろう。台場には大砲もあるが、小舟の通過などはいちいち咎《とが》めだてはしない。

「相手の異人は顔を見せなかったそうだ。なにせ、内緒の取引だからときた。まあ、詐欺の常套《じょうとう》だわな。だが、両国屋は、そいつが異人だとかんたんに信じてしまった」

「どうしてですか?」

「そばに金髪の娘と、日本にはいない不思議な生きものがいたからさ」

「やっぱり」

竜之助は思わず言った。

それこそ、竜之助が見かけた生きものと、新太が出会ったという少女にちがいない。

「その姿を隠していたというのは、たぶんホンモノの異人ではありませんよ」

と、竜之助は言った。

「娘と生きものは？」

「生きものは異国から来たものです」

「だが、両国の見世物小屋あたりにはずいぶんうさん臭い生きものが出てるぜ。おそらくそのたぐいだろう」

大滝はそう言った。

「いえ、ホンモノです」

「福川。見もしないでわかるか」

と、矢崎がたしなめた。

「見ましたから」

竜之助は胸を張った。

三河町の大和屋の別宅での見聞について説明すると、

「この件は福川が引き継げ」

ということになった。珍事件というよりは、なりゆきということらしい。

竜之助としては、本当ならこの酒を横浜まで持って行き、ニセの商人を摘発したいところである。おそらく向こうの業者だって、自分たちの商売を邪魔する者の捕縛には協力してくれるはずである。

ギヤマンの酒瓶は向こうのものらしいので、そこからたどることもできそうである。

ただ、江戸の町奉行所の同心が、直接、居留地の異人を調べることなどはできるわけがない。

向こうはそこを見越して、異人を利用した悪事を思いついたのだ。

――誰か横浜にくわしい者は……。

一人、思い出した。ろうそく問屋なぎさ屋の若旦那である。あの若旦那は、横浜にしょっちゅう行っているという話だった。

さっそくなぎさ屋を訪ねてみた。

今日も繁盛している。こうした繁盛のさなかに、次の時代にそなえて手を打つというのだからたいしたものだと思う。

若旦那は娘たちに絵ろうそくを見せているところだったが、

「おや、先日の同心さま」

竜之助を見て、顔を輝かせた。今日は目のあたりにうっすらと紅を引いている。

「ちっと訊きたいことがあってね」

「まあ、嬉しい」

なにが嬉しいのかわからないが、若旦那はぴょんと跳ねた。

「ただ、あっちはお見せできませんよ」

「あっち？」

「ほら。例の蠟《ろう》人形」

「ああ……」

見たい気もあるが、今日はそれどころではない。

「横浜のことを訊きたいのさ。横浜には異人の子どもも来てるのかい？」

「いますよ。不思議な顔立ちをした、きれいな子どもがたくさんいます。金色の髪をしていたり、真っ青な目をしていたり、右目が青で、左目が緑なんていう子どもも見たことがあります」

「その子たちは江戸にも足を延ばしたりはするかい？」

「江戸までですか？　それはあまりないと思いますよ。やっぱり危ないですから、子どもたちは居留地からは出しません」

と、若旦那は大げさに首を横に振った。もしかしたら、異人たちのしぐさの影響なのかもしれない。

「江戸で金髪の少女を見たっていうのがいるのさ。まさか、横浜から攫《さら》われてきたってことはないだろうか？」

「それはないでしょう。あんな狭い居留地で、少女が一人いなくなったらたいへんな騒ぎになります。幕府だってうっちゃっておけるわけがない」

「たしかに」

と、竜之助はうなずいた。子どもの事件は大人のそれより反響が大きい。下手すれば世界から非難が浴びせられる。

「あ。その金髪の少女って、もしかしたら……」

若旦那が、手をぱんと叩き、肩をきゅっと丸めた。

六

「あの小僧は人ではないな」

と、柳生の里の下忍の一人が言った。旅籠町の宿屋の二階である。いつも全九郎が座るところに、片膝を立てて座っている。

「まったくだ。怖《こえ》え、怖え」

もう一人が笑った。

二人ともすこしだけ酒が入っている。

「人でないなら何だ？」

と、襖の裏で声がした。

「げっ」

下忍の表情が凍りついた。

「答えろ。わたしは人でないなら何だ？」

襖がゆっくりと開いた。柳生全九郎が聞いていた。

ほかの三人とともに、竜之助を襲撃する場所の下見に行っているはずだった。早めにもどり、そっと階段を上がってきたらしい。

やることとなすこと、不気味で、油断ができなかった。

「いや、それは」

「化け物だというのか」

と、刀を抜いた。下忍二人は青ざめた。全九郎の強さはもちろん骨身にしみている。

「お待ちください」

後ろから、いっしょに出かけていた下忍たちが上がってきた。

「仲間を斬るのはやめてもらいます」

五人のうち、いちばん年嵩の男が言った。身分は似たりよったりなのだろうが、この男が五人のうちの頭領格だった。

「なんだと」

「全九郎さま。だいたいが、わたしたちを斬ったりしたら、まずいことになるんじゃないですか」

「なに」

「誰が運びます？　誰があなたを助けます？」

年嵩の男が言った。

さっきは青ざめた二人の下忍も、助けを得て余裕が生まれたらしく、うなずきながら笑った。

「ううう……」

「なんなら、わしらはここから柳生の里に帰ってしまってもいいんですよ」

「きさまら……」

たった一人で、江戸をさまよう自分が思い浮かんだ。恐怖がこみあげ、立っていられないほどだった。

心ノ臓がばくばくいい始めた。壁に頭をつけてあえいだ。

みじめだった。剣は誰にも負けない。この五人だって、たちどころに斬り捨てることができる。だが、一人で生きていく力は、三歳のガキにも劣る。

「世の中というのは、お互いさまで成り立っているんです。全九郎さまは、そういうこともわからないから、人ではないと言われたりするんです」

「そういうことです」

五人の下忍たちは、勝ち誇ったように笑った。

七

「へろお」

と、新太が黒板塀に向かって言った。異人たちの挨拶の言葉らしい。

「へろお」

と、女の子の声がして、隠し扉が開いた。

新太は、竜之助から借りている辞書を手にしたまま、扉の中に入り、すこしだけ開けたままにしておいた。少女と生きものを、悪いやつから守るためだと、竜之助が頼んだことだった。

その隙間から、なぎさ屋の若旦那が中をのぞきこんだ。

「金髪の少女がいるだろ？」

と、小声で竜之助が訊いた。竜之助の後ろには文治もひかえている。このまま捕り物になるかもしれなかった。

「ああ、おみつですよ。やっぱり思ったとおりです。居留地に出入りしていて、英語が話せるようになったんです。ただ、あの子のおやじはろくなやつじゃないですよ」

と、若旦那は言った。

「やっぱりそうか」

少女は日本の娘だった。

髪に金粉を塗っていた。それだけでも、金髪など見たことがない江戸っ子たちは、容易に騙《だま》されてしまう。それが、巧みに亜米利加語をしゃべるのだから、なおさらである。

おみつと新太はこの数日で友だちになっていた。辞書を見ながら、異人の言葉を習ったりしているらしい。

狆海もここに来たくて仕方がないらしいが、寺を抜け出すのは難しい。

その二人の目が、庭の隅を向いた。

「あ」

新太の目が輝いた。あの奇妙な生きものがいた。

「夕べ、またもどってきちゃったんだよ」

と、おみつが日本語で言った。

「かわいいね」

「異国の生きものなんだよ。おとっつぁんが居留地から盗んできたんだ」

「そうなのか」

「でも、剝製《はくせい》にされそうだったから、逃がしてあげたの」

「剝製？」

と、新太が訊いた。

「殺してから、中身をくりぬいてしまうんだって」

「ひどいよ」

「そうすると、やたらに動き回ったりせず、あたしが抱いてぴくぴく動かすと、本物にも見えるでしょ」

おみつの言うのを聞いて、竜之助はなるほどと思った。嘘くさい連中でも中に一匹、本物の生きものを入れておけば、ほかも本物に見えてくる。だが、本物の生きものというのはなかなか人間の思いどおりにはならないのだ。

「でも、あたしが逃がしてもすぐにこうやってもどってきちゃうの。やっぱり寂しいのかね」

「寂しいんだよ」

「ほら、逃げちゃいな」

と、おみつは追い払う。

その後ろから、声がかかった。

「おみつ。やっぱりいたじゃねえか。この亜米利加だぬきが」

「おとっつぁん……」

おみつのおやじだった。名は松蔵《まつぞう》といい、品川でばくち打ちをしていたのが、横浜に転がりこんで、いつの間にか幅を利かすようになったらしい。

松蔵は、坊主頭が伸びたような奇妙な髪型をしていた。

「大和屋の旦那。いましたぜ。例の亜米利加だぬき」

松蔵は後ろに声をかけた。

亜米利加だぬきなどというのは、どうせ松蔵が適当につくった名前だろう。

「おう。ちょうどいい。今日の取引に使えるな」

大和屋の旦那である。竜之助はすでに、店をのぞいて、顔も確かめておいた。後ろには手代もひかえていた。

あの生きものは、松蔵たちが現われると、逃げ場を求めて庭を駆け回った。

「ほら、そっちへ行ったぞ。松蔵」

「旦那、そっちで」

「嫌だよ。こんなのを素手で摑むのは。早く殺しちまえよ」

「駄目、殺したりしちゃ。かわいそう」

おみつが泣いた。

と、そこへ――。

扉を蹴って、竜之助と文治が踏み込んだ。なぎさ屋の若旦那はさすがに一歩も動けず、腰を抜かしたように、塀にしがみついていた。

「町方だ。神妙にしろ」

と、文治が怒鳴った。

「町方だと。おれたちがなにをしたってんだ？」

松蔵がふてぶてしい表情で笑った。

「わが国の酒を異国の酒と偽って、六倍もの高値で売りさばいているだろうが。時世を混乱させる悪質な詐欺だぜ」

と、竜之助が言った。

「くそっ」

松蔵が懐に手を入れた。重そうな黒い物体が現われた。銃だった。銃口は竜之助を向いた。

竜之助は臆せずに前進し、刀を抜いた。同時に引鉄《ひきがね》がひかれた。

バァン。

という音がしたが、そのときはもう銃口ははるか上を向き、叩かれた衝撃で松蔵の手を離れ、銃は宙に舞い上がっていた。

銃声に驚き、生きものは庭木を駆け上がり、塀の外へと逃げた。

おみつが叫んだ。

「もう、もどってきちゃ駄目よ」

八

誰一人、名を知らない異国の生きものが、江戸の夜を駆けていた。亜米利加だぬきなどという呼び名は、やはり嘘っぱちだった。

この国の川は、水が澄んでいて、魚は豊富に泳いでいる。水辺に来て、ちょっと手を伸ばせば、おいしい魚はいくらでも摑むことができた。

しかも、川の底には貝もいっぱいある。

緑も多い。緑が多い一画は、人がうじゃうじゃいるあたりとは高い塀でさえぎられたりするが、木の枝をつたえば、容易にその中に入ることができる。人目につかず、ゆっくり眠れる場所も確保できそうだった。

仲間は一匹もいない。

船に乗ったときは、もう一匹、牝《めす》もいたのだが、長旅のうちに死んでしまった。だから、極東の日本という国の地を踏んだのは、この生きものが初めてだった。

いつか仲間と会える日は来るのだろうか。

生きものは、本能で仲間を欲していた。

それでも生きものは、なんとかここで生きていけそうだった。

「あたしが、あの子を育てる？」

お寅の声がかすれた。

竜之助はおみつを巾着長屋のお寅のところに連れてきたのだった。

「あの子のおやじはお縄になっちまった。いろいろ悪事を重ねてきてたんで、おそらく島送りだろう」

おみつの前では言わないが、斬首の可能性もある。

「あんなかわいい娘がいて、くだらねえ悪さしやがって」

と、お寅はスリの親分らしくない台詞《せりふ》を吐いた。

「いくら悪党とはいえ、たった一人の肉親を失ってしまった。それに、あの子は新太の友だちなんだ。新太は気の合う友だちを必要としてるぜ」

おみつと新太はさっそく路地の隅に座り、辞書を見ていた。

「だから、新太といっしょに育ててやってくれよ」

「福川の旦那。ここんとこのあたしの騒ぎっぷりはご覧になってたでしょ。新太一人を育てるのすら四苦八苦してるんですよ。もう、ほとほと自分が嫌になって、逃げ出したくなったりもするんですよ」

懇願するような口調でお寅は言った。

「うん。でも、おいらはお寅さんてえのは意外に子育てに向いてるんじゃないかと、近ごろ思ったりするんだよ」

「あたしが？　子育てに向いてる？」

素っ頓狂な声を上げた。

「そうだよ。いいかい、いまからおみつの引き取り手はいないので、やっぱりあの子をここから放り出そう。そういうことにする。そうしたら、お寅さんはどう思う？」

「そりゃあ、かわいそうですよ」

「だろ？　かわいそうと思うってことは、向いてるんだよ」

と、竜之助は明かるい声で言った。

「そんな……」

「頼むよ、お寅さん」

竜之助が深々と頭を下げた。

「よしてくださいよ、福川さま」

「この通り」

まだ、下げている。

将来のある、気持ちのいい若者が、深々と頭を下げている。

おみつを見た。数日前、夜の中にちらりと見かけた異国の生きものを思った。

遠い異国の地で、これから一匹で生きていこうという生きもの。この地に連れ合いを見つけ、子孫を残すことなどできるのだろうか。

生きていく。なんとしても生きていく。それが生きものの宿命。

「あたしが、二人も育てるだって？」

愕然《がくぜん》としている。いまの二倍、苦労を背負《しょ》い込む。飯を食わせ、しつけをし、ちゃんと生きていけるようにしなくちゃならない。飯くらいはどうにかなる。難しいのは別のことである。

自分が当たり前の道を歩いてこなかったくせに、当たり前の道を教えなくちゃならない。

――あ。

なにかが胸の中を走った。思い当たることがあった。

——きっと罰が当たったんだ……。

お寅はそう思った。

九

「殺しです」

と、見覚えのある番太郎が、竜之助の役宅に駆け込んできた。たしか、柳橋《やなぎばし》に近いあたりの番屋に詰めていた男である。

「よし、すぐ行く」

竜之助は立ち上がった。十手を摑み、くるくるっと指で回し、さっと帯に差し込んだ。

やよいがなんとなく不安げな顔をしたが、かまわず飛び出した。

「浅草の下平右衛門町《しもへいえもんちょう》です」

「よし」

矢崎の依頼を引き受けてから、江戸の北方の地理はかなりくわしくなっている。咄嗟《とっさ》に判断し、箱崎《はこざき》を抜け、浜町堀《はまちょうぼり》沿いに駆け上がり、馬喰町《ばくろうちょう》を右に曲がった。

浅草御門を避け、柳橋のほうから神田川を渡った。

「この先です」

番太郎にうながされて走った。

人けが消えた道が白々と光って伸びている。

軒先で寝ていた猫が、物音に驚いてひょいと顔を上げた。

「あれ、たしかここに……」

番太郎は首をかしげて立ち止まった。

そのとき、風を切る音がした。

——はっ。

番太郎を突き倒そうとした。が、間に合わなかった。番太郎の顔がゆがみ、ふいに倒れた。背中に小柄《こづか》が刺さっていた。

「なんてことだ」

「ふふふ」

前方の闇から、柳生全九郎が現われた。

——ここでか。

竜之助は意外だった。ここは外である。今日は空も晴れ、星々が瞬《またた》いている。

もっとも怖い世界なのではないか。

竜之助は上を見上げた。

雲が流れているのかと思ったら、ちがっていた。

両側は町家の建物が迫っている。その屋根の上に、五人の男たちがいた。柳生の下忍たちだろう。

彼らは双方から布を渡していた。白い、なんの柄もない木綿の反物らしかった。それが一瞬、雲に見えたのだった。

布は何重にも、上で交差している。

「何もない広がりが怖いのです。でも、こんなふうに取っ掛かりのようなものがあれば、恐怖は消えるのです」

と、柳生全九郎は嬉しそうに言った。

「なるほどな」

海辺新田の砂浜の決闘も、このようにしておこなわれたに違いなかった。柱を立てた跡があった。その柱を使って、空に布を交差させたのだろう。

だが、この少年の話はなにも聞きたくなかった。

あの三人の死を愚弄《ぐろう》されたくなかった。

黙って十手を横に放り、刀を抜いた。雪駄《せった》も脱いだ。左右に足を摺《す》り、踏ん張りがきく地面であることをたしかめた。

「ほう。ずいぶん素直にお相手してくださるのですね」

「ごちゃごちゃぬかさず、早く来いよ。小童《こわっぱ》」

と、竜之助は言った。いつも乱暴な言葉遣いを心がけているが、小童などという言葉を使うのは初めてだった。子どもは大好きで、なにが守らなければならないといって、子どもの命ほど守るべきものはないような気さえしていた。だから、小童などという言い方をするとは、竜之助は夢にも思わなかった。

「けけけ」

と、全九郎が笑った。

それからさっと刀を抜いた。闇に光る刃は、少年の身体に合わせ、いくらか短く、細めだった。

「では、徳川竜之助斬りを始めますか」

と、嬉しそうに言った。

「これだけは言っておくぜ。おめえが負けるか、おいらが負けるか。そいつはわからねえ。だが、どっちが死ぬことになっても、何者かにあやつられる悲しみだけは思いながら死のうぜ」

　竜之助はそう言った。愚かな人間だと自覚しているが、せめて一つだけでも、死ぬ前に賢くなりたかった。その賢さとは、自分たちを翻弄《ほんろう》している悪意を見つめることだった。

「あやつられる？」

「そうさ。おめえも、おいらも」

「そんなはずはない。わたしの剣があやつられるわけがない」

「いや、おいらたちはあやつられている。ずっとおいらたちを見つめてきた悪意に」

　それは実感だった。

　恐ろしく禍々《まがまが》しい、人間をとことんまで愚弄しようという悪意——。

　それが葵《あおい》新陰流にまつわる大きな筋書を書いているのだ。

「大好きだよ。そういうものは」

　と、全九郎は舌なめずりするように言った。

「悪意が好きなのか」

　竜之助はつらそうに訊いた。

「ああ。悪意、恨み、憎しみ、怒り……それがあるから生きていけるんだぜ」

と、全九郎は言った。

生きていけるのではなく、それらを滋養にして、生きてきたのかもしれなかった。

「おい、徳川竜之助。自分だけきれいぶった顔をするな。あんたにだってわたしと同じものがごっそり流れている。わたしにはわかるぜ」

と、全九郎はむしろ同情したような目で言った。

「え、おいらに悪意や恨みや憎しみや怒りが……」

竜之助は虚を突かれたような気がした。

——それは、本当のことなのだろうか。

絢爛《けんらん》たる春がすぐそこまで近づいている気配だった。

梅が散り、いま、闇の中に淡く光っているのは、木蓮の大きな花だった。白い、やさしげなふくらみを持った花が、月のかけらのように、方々で淡く光っていた。

もう、話はしたくなかった。

話をすればするほど、この少年に穢《けが》され、翻弄される気がした。そういう意味でも、怖ろしい相手だった。

風が泣いていた。

屋根の上に張り巡らされた布がはたはたと鳴っていた。

「いいのか、風があるぜ。おいらは、この風をとらえるぜ」

そう言いながら、徳川竜之助はすでに風を探している。

「かまわないよ。わたしもこの風をとらえるから」

全九郎の剣も風を探した。

驚いたことに、全九郎の剣のほうが先に鳴りはじめた。悲しげな音色は、まぎれもなく秘剣の立てる風の音だった。

「風鳴の剣を、誰に学んだ？」

「学ぶ？　こんな剣を？　新陰流の書を読めば、この剣を想像させるところがほうぼうにあった。それを読めば、誰にだってわかるわ」

と、笑った。

そうではない。誰にだってわかるわけではない。

やはり、この少年は天才なのだ。

その資質は、竜之助さえはるかに超えている。

「まずは、この前、お目にかけそこなったわたしの秘剣を見せてやろうかな」

「……」

あの剣だった。

全九郎は、這うように身を低くした。

「人狼《じんろう》の剣……」

と、全九郎はつぶやいた。おのれを狼《おおかみ》にたとえたのか。

抜いた剣を腰につけるようにし、じりじりと近づいてくる。

どちらにくるかはわからない。右に左に身体を揺らし、いきなり左に跳んだ。

跳躍《ちょうやく》自体は予想どおりだが、途中で全九郎の身体がぐるりと回ったのには驚いた。突き出されると思った刃は、横なぐりに襲いかかってきた。

ぎりぎりで除《よ》けた。

細めの剣はつい受けたくなるが、瞬時の判断で思いとどまった。受けようとすれば、刃の下をかいくぐってくる。そうなれば、逃げようがない。全九郎の剣の素早さは、常人のそれをはるかに超えている。

何度かきた。同じように受けなかった。

全九郎が苛立《いらだ》つのがわかった。人狼の剣は、受けてくれなければ発揮できない。やはりどこか邪悪な匂いのする剣だった。

「来いよ」

と叫んで、竜之助は走った。

「逃げるか」

全九郎も追ってきた。

屋根の上の下忍たちもまた走った。

見事な連携だった。

布の雲は竜之助が全力で疾駆《しっく》しても、ぴたりと付いてきていた。

先は大川だった。あの先へは行けないだろう。だが、そのことが狙いではなかった。もう逃げるつもりなど毛頭なく、いまここで決着をつけるつもりだった。

走っている竜之助の剣が鳴っていた。順風満帆の航海のようだった。

だが、人狼と化した全九郎の剣も鳴っていた。人狼になりきりつつ、風鳴の剣を遣ってくるらしかった。

ぴたりと左に並びかけてきた。

もはや、どちらが先に動いても、風鳴の剣同士が交錯するはずだった。

竜之助はまだ、全力で走った。

走ることによって目覚めてくるものがあった。それが肉の知恵というものだろう。

鍛え上げた筋肉が生み出す独特の知恵。あるいは勘。

最速の同心でさえ舌を巻いた竜之助の脚力。それこそが、この天才に勝つ唯一の武器になりうることを、肉が察知した。

走りながら、徳川竜之助の剣が大きく弧を描いた。

刃は星を映し、屋根の上で布がはためくさまを映した。

全九郎の剣も同じように弧を描いた。こちらは地を摺《す》る位置から伸び上がってくる影のような剣だった。

疾駆する竜之助の全体重が、剣にこめられてあった。

全九郎の剣は、やはり軽さがあった。差というものがあったとしたら、おそらくそこだけにちがいなかった。

速さは全九郎の剣が優《まさ》ったかもしれない。だが、竜之助の剣はそれを押しもどし、弾き飛ばし、肉にわけ入った。

明らかな手ごたえだった。

まだ、柔らかい骨だった。最後まで断ち切ることを瞬時にためらったほど、小鳥のように柔らかい骨だった。

斬られた瞬間、柳生全九郎の身体がぽぉんと舞い上がった。二階の屋根すら越えようかというほど、高々と飛んだ。なにか、途方もない力が、全九郎の身体を弾き飛ばしたようにも見えた。

すぐそこは、もう大川だった。

全九郎の小さな身体が、そのまま大川の水の中へ落ちていった。

屋根の上で、柳生の下忍たちが動揺するのがわかった。自分たちが補佐してきた柳生全九郎が敗れた。

それだけではない。屋根の上に現われた女の影にも肝を冷やしていた。竜之助を助けるくノ一が、並々ならぬ腕を持つことは、これまで何度も実感してきた。

「逃げるぞ。われわれの役目は終わった」

下忍の一人が仲間にそう命じた。

五つの影がまったく別々の方向へと散った。

やよいが追えば、一人は捕まえられる。だが、あとの四人は跡形もなくなる。

やよいは追わずに、地面に飛び降りた。

竜之助は川っ縁に立ち尽くしていた。

空を見上げていた。肩が激しく上下していた。号泣していた。声だけをどうにかしてこらえていた。

その痛々しいようすに、やよいは声をかけることすらできなかった。

「ああ……」

竜之助は、湧き上がる悲しみに、どうしていいかもわからなかった。

ただ、一つの誓いが心の中に生まれたのはわかった。

それは、全身全霊をかけて約束する天への誓いだった。

「もう、風鳴の剣は遣わない」

と、竜之助は言った。

「風鳴の剣は封印した。もう、徳川竜之助の風鳴の剣はこの世に存在しない」

十

柳生全九郎が流れていた。子どもたちの災厄を背負わされて川に捨てられる雛《ひな》人形のように、大川の水面を流れていた。大川は引き潮どきということもあって、かなりの速度で海に入りこんでいる。

まだ意識はあった。

かすかな意識の下で、戦う前に徳川竜之助が言ったおかしな言葉を思い出していた。

竜之助や自分をあやつっている者がいる？

本当なのか、それは？　だとしたら、それはなにものなのか？

いまになって、ひどく気になってきた。

わたしは死ぬのか。

朝の海辺で、同じ年ごろの三人を斬ったとき、もしかしたら自分もこうなるのだと予感した。それが当たったのだろう。

だが、死ぬなら絶対に生まれ変わってやる——。

もっと化け物になって生まれ変わってやる。あいつが想像もできないほどの化け物になってやる。

空が見えていた。

星が満天に散りばめられていた。

怖いがどうしようもなかった。

死ねば、ここに吸い込まれていくのだと思った。

——母はあれか。

と、全九郎は思った。母は空かと。

——友はどこだ。

全九郎は首をすこし回すようにした。真っ黒い塊が頭の後ろのほうにやってきて、全九郎の意識がようやく途絶えた。


「全九郎を斬ったか……」

やよいの報告を受け、柳生清四郎はうなずいた。

「ですが、若さまは風鳴の剣を封印なさると」

「そう、おっしゃったのか?」

どこか、安堵《あんど》したような気配もあった。

それが不思議な気がして、

「清四郎さま?」

と、やよいは訊いた。「なにか、わたしに知らないことがあるのでしょうか?」

「じつは、風鳴の剣には、厳しい宿命が課せられてあってな」

と、清四郎は言った。

「宿命？」

「うむ。風鳴の剣が完成し、ほぼ五年ののちには、師と弟子とが戦わなければならぬのだ」

「なんですって」

やよいは驚愕《きょうがく》した。そのようなことはまったく知らなかった。やよいの家にも、そのことは伝わっていないはずだった。

「ずっとひそかにそうしてきたのさ」

「だが、師に勝つ方などいらしたのですか」

と、やよいは訊いた。いくら優れた資質の持ち主ではあっても、将軍家という狭い範囲から選ばれる人たちである。広く人材を求めることができる柳生家の人間と戦えば、どうしたって資質から差が生まれてしまう。

「うむ。それでもほんの数人は見事に勝ち残られた」

「いったい、どなたが？」

「有徳院《ゆうとくいん》さま」

と、柳生清四郎は言った。

「ああ」

八代将軍吉宗《よしむね》である。まさに風鳴の剣にふさわしかっただろう。

「それと、白河楽翁《しらかわらくおう》さま」

「楽翁さまも」

松平定信《さだのぶ》である。むしろ柔術家として高名だが、剣の遣い手であっても不思議はないかもしれない。

「それだけ」

と、柳生清四郎は寂しげに笑った。

「たった二人だけだった」

「さよう。二人ですか」

「そんな厳しい門を。しかも、敗れたら……？」

まさか、死が待っているのか。

「武芸者の敗北だ。言うまでもあるまい」

「なんと」

やよいはむしろうんざりした。あまりにも過酷な宿命に。

しかし、徳川竜之助がみずからその剣を封印し、二度と使わぬというなら、清四郎が竜之助と戦う意味も消え失《う》せる。

それを、やよいは言った。

「そうなのだ。だから、わしも一安心してしまったのだ」

と、柳生清四郎は言った。この数年、いかに重荷に思っていたかがうかがわれる口調だった。

「よかったですね」

「よかった……」

清四郎は正直にうなずいた。

だが、本当に竜之助と戦う日はやってこないのか。剣客の宿命はいつも期待を裏切るほうへ向かう――。

やはり、どこかでその僥倖《ぎょうこう》を信じていない自分がいた。

「半次郎《はんじろう》どん」

と、男の野太い声がした。声にふさわしく、男は大きな身体をしていた。

「はい、ここに」

精悍《せいかん》な表情の男がそばに近づいた。

「聞いたか、徳川家に伝わる葵新陰流の話は」

「聞きました」

と、半次郎はうなずいた。伝えていったのは肥前《ひぜん》藩の密使だった。将軍家には、王者の剣とも言うべき必勝の剣法が伝えられていると。そして、肥前の剣客もその前に敗れ去ったのだと。

もし、徳川家を打ち倒そうというのなら、武士たる者、その王者の剣に勝たなければならないのではないか。密使は、秘剣の存在を伝えただけでなく、むしろ戦いを鼓舞していったのだった。

「なんと答えたのか」

「この中村半次郎がお引き受けいたしますと」

近ごろ、京都でこの男の名が噂されていた。

人斬り半次郎。人斬りを冠せられた暗殺者はほかにもいるが、この男はとくに怖れられた。その凄まじい剣法の名とともに。

薩摩《さつま》示現流《じげんりゅう》。一撃必殺の剣。

「江戸に上る気か」

と、大きな男は訊いた。

「お許しをいただければ」

「半次郎どん。いまはそうした場合ではないはずだぞ」

「ですが、先を越されてしまいます。いまや、諸国のさまざまな剣法が打倒徳川の時流に乗って、葵新陰流に挑戦しようとしているのですから」

「大いにけっこうではないのかね」

「功名は、わが薩摩示現流にこそふさわしいのでは」

と、半次郎は不平を洩らした。

「なぜだ。そげん小さか功名争いをしているときではない。むしろ、わが示現流以外の剣が打ち倒すなら、それでもよか」

「うう」

中村半次郎はつらそうに呻《うめ》いた。

「葵新陰流がむしろ汚辱《おじょく》にまみれるだけでごわそう」

「それはそうです」

半次郎は、仕方なくうなずいた。この大きな男にだけは、逆らう言葉を持たなかった。それに、結局、最後に戦うことになるのはこの薩摩示現流であるような気もした。

「半次郎どん。徳川のお家は完膚《かんぷ》なきまでに打ち倒さなければならんのでごわす。汚辱にまみれさせてやるべきなのでごわす。新しい世を打ち立てるためには、それは必要なのでごわす」

と、西郷吉之助《さいごうきちのすけ》は言った。

本書は２００８年12月に小社より刊行
された作品の新装版です。

双葉文庫

か-29-42

若《わか》さま同心《どうしん》　徳川竜之助《とくがわりゅうのすけ》【五】
秘剣封印《ひけんふういん》〈新装版《しんそうばん》〉

2021年8月8日　第1刷発行

【著者】
風野真知雄《かぜのまちお》

【発行者】
箕浦克史
【発行所】
株式会社双葉社
〒162-8540 東京都新宿区東五軒町3番28号
［電話］03-5261-4818(営業)　03-5261-4833(編集)
www.futabasha.co.jp(双葉社の書籍・コミックが買えます)
【印刷所】
中央精版印刷株式会社
【製本所】
中央精版印刷株式会社

【フォーマット・デザイン】
日下潤一

ISBN978-4-575-67067-7 C0193
Printed in Japan